古文字學初階

李學勤……著

序

中國古文字學近些年得到前所未有的發展，可以說從一種很少人問津的所謂「絕學」，一躍而為頗受社會重視的熱門科目。我想，這一方面是由於科學的春天已經到來，各門學科都在大步邁進，另一方面也是因為古文字學對研究考古工作中出現的大量新材料發揮了效用，充分顯示出這門學問的實用價值。古文字學的長足進步，有兩個值得稱道的標誌：

一個標誌是，這個學科的群眾性學術組織——中國古文字研究會於西元一九七八年成立，並先後舉行了四屆年會。會上提出的論文一年多似一年，而且就若干重要學術問題展開了熱烈討論。大部分論文刊登在《古文字研究》上。《古文字研究》應當說是相當專門的出版物，居然能夠暢銷，在有些地方還挺難買到。另一個標誌是，有不少青年朋友喜愛古文字學。他們不怕這一學科的枯燥艱深，千方百計地搜集材料，攻讀有關論著，初試鋒芒，就表現出不少創見。成名的古文字學家，有的年老，有的事忙，但這幾年都招了研究生，所錄名額之多，在以前也是很難設想的。

青年同學開始對古文字學發生興趣，每每經過不同的途徑。其中有些位是從事文物考古工作的，在工作實際中接觸到古文字，迫切需要加以釋讀。有些位的主攻方向是古代的歷史文化，深感不能局限於書本，希望能利用出土的古文字材料，作為文獻的印證和補充。還有些人則是藝術的愛好者，首先練習篆書或篆刻，於是追溯到古文字的領域。不管經由哪一條道路，殊途同歸，都需要古文字學的入門讀物。

為青年朋友們寫一點東西，是我多年以來的心願。我們曾經建議，不僅要編寫新的《古文字學通論》，總結學科成果，而且應該儘快出版古文字學各個分支的概論性著作。這些書，必須充分反映學科的最新水平，同時要用現代語言編寫，使這門學科的知識迅速普及開來。可惜的是，目前符合這樣要求的作品還不很多，不能滿足社會上的需要。

寫到這裡，我不禁回想起西元一九五一年我在北京圖書館認識的一位青年。那時我經常在圖書館看書，這位青年當時在郵局工作，利用業餘時間來圖書館，夜以繼日，極為勤勉。他費力讀了很多甲骨文方面的書籍，但苦於無人指導，終於沒有取得什麼成績。這樣的事例，我遇見的還有不少。想到這些不得門而入的朋友，深覺應該寫一本較淺近的小冊子，幫助他們在學習古文字學的道路上走第一步。

這本小書取名「初階」，就是第一步的意思。與整個漫長的旅程相比，第一步自然是微不足道的，不過第一步如果邁錯了，常會尋往錯誤的方向。入門書必須提供讀者必要的，準確的知識，因此對作者的學識反而要求很高。承《文史知識》編輯部約寫這本書，自知學力淺薄，有負雅意，但我的一點心意是寄托在裡面了。希望讀者把它看作我奉獻給您們的小小花束。

書中插圖由文物出版社李縉雲配製。

作者

西元一九八三年四月北京

目錄

插圖目錄

（插圖・李縉雲）

一、什麼是古文字學

中國是一個歷史久遠的文明國家，文字的發展已經有了幾千年的歷史。在我國遼闊的幅員上有許多民族，共同締造了絢麗燦爛的古代文明，但西元以前的文字主要是古代的漢字，另外就只有目前尚未解讀的巴蜀文字。因此這本小書所講的古文字，僅指古代漢字而言，這是需要首先聲明的。

在漫長的歷史時期裡，中國的文字經過了一系列演變發展的階段。即使十分熟悉現代漢字的人，沒有特殊訓練也不能通讀古文字。在許多人心目中，古文字是帶有一定神祕色彩的，實際上古文字有其本身的規律。研究這種規律，釋讀古文字，藉以揭示古代歷史文化奧祕的學問，就稱為古文字學。

古文字學是一門有實用意義的學科。在現代我國的考古學迅速發展，通過發掘不斷發現大量重要的古文字材料，這便要求運用古文字學的知識進行釋讀研究。當前專門從事古文字學工作的人數還很少，而新出的古文字材料日益增加，現有人力不能適應客觀需要。同時，為了更好地開展文物考古工作，也需要普及古文字學的基礎知識。

我國古文字有一點和某些古代文明國家的文字不同。比如古代埃及的文字、馬雅的文字等，由於歷史的原因，早已「死」了。有的經過學者反覆鑽研才得到釋讀，有的甚至到今天還無法譯解，有待學者繼續努力。中國的古文字並沒有「死」，它一直綿延流傳下來，演變成現今通行的漢字，真是源遠流長。

既然從古文字到今天的漢字是一脈相承的，那麼究竟以什麼時候的文字作為古文字學的對象呢？上限是不用說的，應該上溯到文字的萌芽，問題是古文字學研究範圍的下限。

一般地說，我們以秦代統一文字作為下限，也就是說古文字學研究的是秦統一文字以前的文字，即先秦文字。不過，在最近一些年，考古工作者發現了好多秦代到漢初的文字材料，發現其文字在一定程度上還保留著先秦文字的一些特點，適合用古文字學的方法去整理研究。這樣看來，也許我們可以把古文字學的範圍放寬，把漢武帝以前的文字包括在內。

秦統一文字是中國文字演變史上的一次大轉折，這次轉折不可能在秦代短促的十幾年中完成，而是通過漢武帝以前的幾十年期間逐步走向定型的。經過這一轉折，漢代的文字和先秦文字差異相當大，以致那時的學者已難通諳先秦的文字。這時就出現一些人對古文字作專門的研究，如孔安國、張敞、揚雄、許慎等。漢晉以下，不少學者對當時發現的青銅器、竹簡等有所研究，他們的成果是古文字學的濫觴。

到兩宋時期，由於朝廷提倡，金石之學大盛。這時開始出現著錄青銅器及其銘文的專書，特別是北宋末年呂大臨編的《考古圖》，有器物圖形、銘文，詳記發現地、尺寸、重量，附有考釋，體例美善，為後人所取法。宋代有不少精研古文字的學者，如詩人李清照的丈夫趙明誠，所著《金石錄》至今仍有參考的價值。錢幣、璽印的著錄和研究，也是在宋代發端的。

崇尚天道性命之說的理學在思想界占統治地位以後，古器物及文字的研究暫時衰頹，元明兩代沒有多少有價值的作品。這種局面到清代漢學振興時又扭轉過來。自乾嘉以下，名家輩出，一開頭仍繼續宋人風尚，以青銅器研究為主。到晚清陳介祺、孫貽讓等人的時期，著眼範圍大為擴大，收藏既富，創獲也日益增多。羅振玉、王國維首先用近代的方法整理研究古文字。尤其是王國維的著作影響極大，為學術界所尊崇。

從乾嘉學者到王國維，給我們留下了很多寶貴遺產，但他們究竟是屬於上一個時代的。這主要有兩點：

第一，他們不能以考古學的材料作為研究的基礎。中國的考古發掘工作肇始於西元一九二八年的殷墟發掘，可是即使到西元一九四九年前夕，通過科學發掘獲得的古文字材料仍然是有限的。學者所能運用的資料，大部分是偶然發現甚至盜掘的，其價值不免有所遜色。只是到建國以後，考古工作蓬勃發展，才有可能以考古學材料作為古文字學研究的主體。

第二，也是更重要的，過去學者沒有正確的理論作為研究的指導。二十年代末，郭沫若先生為了探索中國古代社會的真相，向在社會史論戰中歪曲馬克思主義的各種傾向鬥爭，開始研究卜辭、金文，為「用科學的歷史觀點研究和解釋歷史」開闢了新路。

今天的古文字學和以往的金石學是不相同的。我們主張繼承金石學的優良成果，但也必須看到當代水平的古文字學已經是具有新的面貌的現代學科。現在的古文字學與考古學、古代史、語言學、文獻學都有密切聯繫，是一門成熟的，有自己的範圍和方法的獨立學科。

古文字學與考古學的聯繫是最明顯的。所有古文字材料，不管是甲骨也好，青銅器也好，其他也好，都是從地下發掘獲得的，同時也都是考古材料。對於上面有文字的古器物，同樣適用考古學的方法去整理和研究。在判斷古文字材料的性質和年代等問題上，考古學的層位學、類型學等方法是很有力的手段。例如從四十年代國內外學者熱烈討論的「文武丁卜辭」的時代問題，其解決很大程度是依靠了出土坑位和地層的分析。

古人研究古文字，已經注意到了器物的出土地點。現在我們更有必要將古文字材料與所自出的遺址或墓葬結合在一起來考察，充分考慮伴出的器物等方面。對一件有文字的器物，不僅要釋讀文字，還要就器物本身作出研究。只有這樣，對古文字內容的理解才能深入和全面。

反過來說，古文字學對於考古學也是極為重要的。一處遺址或墓葬，如果發現了文字材料，每每能說明許多關鍵性的問題。西元一九四九年初在洛陽以西發現遺址，出有帶漢河南縣地名的陶文，從而確證了河南縣城的位置，由此又論證了周圍的東周城址是周的王城。這樣的事例，不勝枚舉。從一定意義來說，古文字學是考古學的一部分，兩者的關係是彼此不可分割的。

古文字學對古代史的研究也作出了重要的貢獻。大家知道，從晚清到民初曾興起有進步意義的疑古思潮。這種思潮改變了人們的古史觀，但其副作用導致了對古代歷史文化認識的空白。在填補這一空白、重建古史的過程中，甲骨文的發現和青銅器銘文（金文）的研究起了很重要的作用。在甲骨文中找到了完整的商王世系，充分證實了《史記．殷本紀》基本上是真實可信的，這就把空白了的古史重新上延了若干世紀。現在，對古代歷史文化的一切研究，都不能脫離古文字學提供的素材。

有一種觀點認為古文字學的研究只有利於古代社會經濟制度等方面的探索，對思想文化方面沒有很大作用，這個看法是不妥當的。多年以前已有學者探討甲骨、金文中反映的意識形態。近些年所發現戰國至漢初的大批簡冊、帛書，更為古代思想文化史的研究開拓了前所未有的眼界。其中包括了很多久已佚失的古籍，如道家黃老學派的著作，陰陽五行家的作品，過去都是沒有機會看到的。由於這些材料的重現，文化史、思想史不少章節，看來是不得不重寫了。

古文字學與語言學的聯繫，也是顯而易見的。中國的語言學近年已有較大進展，語言學的一些普遍原理，特別是關於古代語言文字研究的成果，都可移用於古文字學。這裡應該說明的是，一般講的文字學，並不等於這裡說的古文字學，因為中國的文字學的範圍要貫通古今，因而其內涵比古文字學廣泛得多。王力先生的《漢語史稿》，開宗明義即對此有所闡述，我們覺得是很精當的。古文字學所研究的，限於古文字文物材料，而古文字學的成果又必然會融合到整個古代語言文字的研究中去。

古文獻和考古文物，是兩個不相同的範疇。我國傳世的古代文獻典籍數量很多，歷代學者所作注釋箋疏更是汗牛充棟。文獻學的豐富積累，是研究新發現古文字材料的憑藉。我在別的文章裡也提到過，前輩知名的古文字學家，無不對文獻有深湛的研究。即以孫詒讓為例，凡讀過他的《周禮正義》的人，對他能寫出《名原》、《契文舉例》、《古籀拾遺》、《古籀餘論》等名著就不難理解了。

文獻可以證古文字，古文字也可以證文獻。于省吾先生提倡「新證」之學，著有《雙劍誃尚書新證》等書，即以甲骨、金文去證經籍。陳直先生著《史記新證》、《漢書新證》，也是以秦漢文字材料去證史書。我們以為，以古文字與同時期的文獻彼此補充印證，能收左右逢源之效，對古文字學和文獻的發展都極有裨益。

比如，以西周金文與《尚書．周書》各篇對比研究，以秦簡與《墨子》城守各篇和《商君書》對比研究，都取得過較好的成績。

正因為古文字學與幾種學科有密切聯繫，所以學古文字學的人必須有廣博的知識基礎和訓練，才能應付裕如。這種情形，也表現出古文字學已經是一門成熟的學科。

說古文字學是成熟的學科，還有一個重要的理由，就是古文字學本身業已具有幾個可以獨立的分支。大體說來，古文字學有以下四個分支，每一分支都可稱為專門之學。不難看出這四個分支是各以古文字發展的一定階段為基礎的。

夏代以及更早時期的文字，目前仍然是有待探討的課題，可稱之為中國文字起源問題。由於可資探究的材料較少，這方面的研究尚未成為一種分支學科，有待於未來的考古發現。商代的文字材料較多，有青銅器、陶器和一些玉石器上的文字，但最主要的是占卜用的甲骨上面的卜辭，即所謂甲骨文。甲骨文基本上都是河南安陽殷墟出土的，時代屬於商王盤庚遷殷後的商代後期。甲骨文的研究構成古文字學的分支之一，通稱為甲骨學。

青銅器的研究，是古文字學的另一分支。上面已經提到，商代的青銅器已有銘文，不過商代的銘文一般較簡短，到西周才發展為可與《尚書》比美的鴻篇巨製。而且，從西周到春秋時期，古文字材料主要都是青銅器的銘文，此外只有數量很少的甲骨文、陶文和石刻，所以研究這一時期文字，基本上要依靠青銅器的研究。

戰國時代的情況便有所不同。這個時期的古文字材料，除青銅器銘文外，陶文、璽印、泉幣等都相當豐富。不僅材料種類繁多，文字的分歧變化也比較複雜，需要作為一個新的領域來專門考察。由於這樣的原因，從五十年代起出現了古文字學的又一分支，即戰國文字研究。

古文字學的第四個分支是簡牘、帛書的研究。簡帛在近些年有大量發現，其時代早的屬於戰國時期，多數則屬於秦漢至晉代。簡帛有其獨特的性質，在國內外都已作為專門的學問來研究。當然，根據我們對古文字學涉及年代下限的規定，漢武帝以下的簡牘已超出古文字學的範圍了。

二、形音義

文字包括形、音、義三方面。以今字而論，試查《現代漢語辭典》西元一九七七年試用本第一二〇二頁，有「一」字，其形為「一」，音為一，義有八條，第一條是「數目，最小的整數」。古文字也是如此，有時我們對其形不能分析，或不知其音，不解其義，這就需要進行細心的研究。

古文字學的研究總是從辨明文字的形體著手的，因此有些學者主張古文字學應以字形的研究為主，甚至只限於字形的研究。其實，文字的形、音，義三者是不能截然分開的。只研究形而不兼顧音、義，會為我們的工作帶來很大的侷限性。

古人研究文字，有「六書」之說，就是將文字的形、音、義三者統一考慮的。「六書」之說固然陳舊，在這一點上還有我們應當借鑑之處。

「六書」是古代教育中的「六藝」之一。《周禮・保氏》云：

保氏掌諫王惡，而養國子以道，乃教之六藝：一曰五禮，二曰六樂，三曰五射，四曰五馭，五曰六書，六曰九數。

什麼是「六書」呢？《漢書·藝文志》小學家下云：

古者八歲入小學，故《周官》保氏掌養國子，教之六書，謂象形、象事、象意、象聲、轉注、假借、造字之本也。

〈藝文志〉本於西漢劉歆的《七略》，所以這種說法可能出自劉歆。《周禮》注引鄭眾云：

六書，象形、會意、轉注、處事、假借、諧聲也。

許慎的《說文》序所論最為詳細：

《周禮》八歲入小學，保氏教國子，先以六書：一曰指事，指事者，視而可識，察而可見，「上」、「下」是也。二曰象形，象形者，畫成其物，隨體詰詘，「日」、「月」是也。三曰形聲，形聲者，以事為名，取譬相成，「江」、「河」是也。四曰會意，會意者，比類合誼，以見指撝，「武」、「信」是也。五曰轉注，轉注者，建類一首，同意相受，「考」、「老」是也。六曰假借，假借者，本無其字，依聲托事，「令」、「長」是也。

鄭眾，許慎都是劉歆的徒裔，三種「六書」說只是名詞和次第略有不同，實際上是古文經學家一脈相傳的師說。

「六書」的意義，從許慎所舉字例可以概見。指事、象形、形聲、會意都是從形的辨析著眼的，也就是由文字的結構來看造字之本，這是很容易理解的。形聲字的表聲的部分，如「江」字所從的「工」，「河」字所從的「可」，自然也涉及了文字的音。比較難於說明的，是轉注和假借。轉注自古以來沒有定說，各家解釋紛紜，但《說文》「考」、「老」互訓，屬於同一部首，這顯然有涉於文字的義。假借從現在看來，是以音通為本，音同或相當接近的字可相假借。因此，「六書」不是只限於字形，也與音、義有密切關係。

正是因為這個緣故，我們認為古人的「六書」說是不可廢的，但如果把它通盤移用於對古文字形體的分析，又是不能完全適用的。

討論古文字的演變，不要忘記，古文字在形、音、義三個方面都和今天的漢字有所不同。不注意這一點，用今字的形、音、義推論到古文字，每每會釀成錯誤。

漢字的形體經過了長時期的流變。許多讀者一定熟悉秦以後漢字發展史的輪廓。大家常說「真、草、隸、篆」，這四種字體的產生次序剛好是相反的。篆書出現最早，現在人們講的篆書是小篆，在秦代已成為官方的字體，用於比較典重的場合。隸書也是在秦代規定為通行字體的，當時多用於文書以至民間。草書的起源說法不一，從秦人的隸書中已可看到一些端倪，到西漢時形成，有居延等地出土簡牘作為實證。真書即楷書的形成，最遲，但也可上溯到東漢晚期。近年發現的一些陶器上的毛筆文字，有的有明確的紀年；還有象光和大司農權（《中國古代度量衡圖集》二〇九）這樣的器物，有明顯的楷書筆意，其年代均為東漢末年。

商周的文字，也有人稱為「篆書」，這是不很恰當的。《說文》序提到與小篆不同的大篆，是指周宣王時太史籀所著《史籀》十五篇的字體。秦代李斯作《倉頡篇》，趙高作《爰歷篇》胡毋敬作《博學篇》，對大篆加以省改，成為標準的小篆。由此可見大篆是小篆的前身，與小篆相似，不能用來概括商周文字。按照《說文》序的講法，漢代各地在山川間發現鼎彝，「其銘即前代之古文」；還有當時見到的前代典籍，也屬於古文。因此，商周文字在許慎心目中是叫做古文的。不過，從《說文》現存的古文看來，基本上是戰國時期的六國文字，所以如果把商代到春秋的文字稱為古文，也容易造成誤解。

以「甲骨文」、「鐘鼎文」等詞作為文字發展的階段，也是不合適的。甲骨文是商代的文字，但商代文字不限於甲骨文。從已發現的商代用毛筆書寫的文字看，甲骨文由於是契刻的，實際還不是那時典型的字體。周代的金文也是如此，它們是鑄或刻在青銅器上的，因而與毛筆書寫的文字有所差別。如以春秋晚期的晉國金文和筆寫的侯馬、溫縣盟書對比，就容易看出這種差異。我們的意見，最好是採用「商代文字」、「西周文字」這一類按時期劃分的詞，比較準確而且方便。

古今字形的懸殊，不妨以最常見的干支字作為例證。天干中的「甲」，商代作「十」；「丁」，商代作「口」；地支中的「子」商代作「[illegible]」或「[illegible]」；而「巳」，商代則作「♀」，反而像是「子」字。這些古文字，如果沒有經過研究，是無法直接辨識的。晚清著名的文字學家孫詒讓，也不免把「巳」讀為「子」字。不考察文字的演變過程，簡單地由今字結體推測古文字，是很危險的。

古今字音也有很大的變化。古書有不少是有韻的，但用今音來讀，似乎就不押韻了。比如《詩經》，原來是用以歌詠，自然應當押韻，可是其中有些用作韻腳的字，到唐宋時期念起來已不叶韻，曾引起許多學者的困惑。金文很多也是有韻的，用今音來讀有時也不能叶韻。這就需要對古音和古今字音轉變的規律有所了解。

在研究形聲字時會碰上類似的問題。按照古人構字的原則，從同樣聲的字音應當是相同或相近的，經過歷史的演變，這種共同性會消失，以致很難認識了。與此同理，有些假借字為什麼能夠通假，不了解古音也無從知道。因此，學習古文字學必須懂得古音。

古音的奧祕是由清代學者解開的，他們的許多成果可供我們運用。如古韻分部，現在最細密的分法有三十一部，即：

陰	1 之	4 魚	7 支	10 幽	13 宵	15 侯	18 歌	19 祭	22 微	25 脂		
入	2 職	5 鐸	8 錫	11 覺	14 藥	16 屋	20 月		23 物	26 質	28 緝	30 葉
陽	3 蒸	6 陽	9 耕	12 中		17 東	21 元		24 文	27 眞	29 侵	31 談

這樣的分法，除一些細節外，基本上在清代業已確立。

古音的研究是一門專門的學問，學者欲知其詳，應閱讀有關的概論性著作，如王力先生的《漢語音韻學》、《漢語史稿》等。檢查某字古音，可使用周法高〈新編上古音韻表〉。該表在董同龢〈上古音韻表稿〉基礎上有所更訂，附有部首索引，便於檢查。不過表中的擬音只是一種學說，學術界有不同意見，用者宜加注意。

清代朱駿聲的《說文通訓定聲》對古文字研究很有用處。它的特點是以音繫字，把古音相接近的字排列在一起，便於看出其間諧聲和通轉的關係；在每個字下又詳注訓詁，把音、義間存在的一定聯繫也體現出來了。《說文通訓定聲》的缺點是韻部劃分較疏，如脂部和微部沒有分開，同時朱氏的韻部名稱是獨出心裁的，用了「豐」、「升」、「臨」、「謙」等卦名，不便記憶。學者用這部書，最好先用紙片寫一張韻目對照表，標出書中韻目與常用古韻的關係。另外，書末的分部檢韻也不現代化。近來影印本有筆劃索引，希望將來再印此書附上方便的部首索引和四角號碼索引。

古今字義的變化也是必須注意的。同樣一個字，在古代的訓詁可能與現代很不相同。有些古義經過時間的流逝而消失了，有些古義通過一定的過程在今義中只留下一些影子，同時又有一些字得到了新的訓詁。要查明古義，首先是依據古代的注釋訓詁書籍。清代阮元主持編輯的《經籍纂詁》一書，把群書匯集在一起，便於學者。這部書最近有影印本，很容易得到。書首有依筆劃排列的目錄索引，查閱尚稱方便。

以《經籍纂詁》卷一上平聲一東的「桐」字為例，所列訓詁有不少是現在人們所不熟悉的，如：

桐，痛也。（《廣雅·釋詁一》）

桐者，痛也。（《白虎通．喪服》）

桐，洞也。（《法言．學行》）

桐，讀為通。（《漢書．禮樂志》集注）

不查《纂詁》，就很難想到「桐」字除作植物名、地名外還有這些解釋。

應當承認，商周古文字有些訓詁是不能在古書中查到的，這些古義失傳已久，在文獻裡沒有例證。在這樣的情形下，只能依靠例句的對比和上下文義的推求了。比如我們曾提出，甲骨文有時用「𠬝」、「執」作為疑問句的語末助詞。如果我們的看法不差，「𠬝」、「執」的這種用法在文獻中就難於找到。當然這種推定必須十分小心，要有充分的證據，否則會成為不根之談。

于省吾先生在《甲骨文字釋林》的自序中說：「古文字是客觀存在的，有形可識，有音可讀，有義可尋。其形、音、義之間是相互聯繫的。而且，任何古文字都不是孤立存在的。我們研究古文字，既應注意每一字本身的形、音、義三方面的相互關係，又應注意每一個字和同時代其他字的橫的關係，以及它們在不同時代的發生、發展和變化的縱的關係。」正因為如此，讀釋古文字是一項非常艱難的工作，不可草率從事。想撇開形、音、義的客觀規律，以「望文生義」的辦法去解釋古文字，只能是徒勞無功。

三、文字起源之謎

文字的起源是大家都感興趣的問題，從學術上看也有特殊的重要性。一般認為文字的出現是社會進入文明的主要標誌之一。美國學者摩爾根在西元一八七七年出版的《古代社會》書中，提出文明社會「始於標音字母的發明和文字的使用」，這個說法得到恩格斯《家庭、私有制和國家的起源》的肯定。因此，對中國文字起源的探討直接關係到我國古代文明何時開端這樣的重大課題。

古書裡面有不少與文字起源有關的記載。《周易》的〈繫辭傳〉說：「上古結繩而治，後世聖人易之以書契，百官以治，萬民以察。」結繩是一種原始的記事方法，有大事就在繩上結大結，有小事就在繩上結小結。這種方法在我國一些少數民族中都曾使用。如廣西的瑤族遇到雙方說理，各用一繩，說出一個道理打一個結，誰的結多便能取勝。西藏的瞪人邀集宴會，向親友送繩，以繩上的結數表示宴會在幾天後舉行。有的少數民族的結繩比較複雜，也用繩結的大小來區別所代表的不同事物。古人的結繩，和少數民族用過的方法應該是類似的，後來才被「書契」即文字代替了。

關於文字出現的時代，最流行的是倉頡造字的傳說。這一傳說見於《荀子》、《呂氏春秋》、《韓非子》、《世本》等書，可見在戰國晚期已經廣泛流傳。《尚書正義》引戰國時的慎子說倉頡在庖犧氏之前，但多數文獻都講他是黃帝的史官。許慎的《說文》序把〈繫辭傳〉的說法和倉頡的傳說結合在一起，說：「及神農氏結繩為治而統其事，庶業其繁，飾偽萌生。黃帝之史倉頡見鳥獸遞迒之跡，知分理之可相別異也，初造書契，百工以義，萬品以察。」此後，黃帝時倉頡根據鳥獸足跡造字的故事愈傳愈廣，直到近代。黃帝的時代，按文獻記載估計，大約在西元前二千五、六百年。

倉頡造字的傳說，古時也有人不贊成，到近代懷疑者更多。例如清末四川的今文經學家廖平，晚年寫了一本《經學六變記》，主張後來的漢字實際是孔子親手制定的。今文經學喜歡神化孔子，所以把造字的功績也歸到孔子名下去了。《經學六變記》刊本流傳不廣，其論點沒有什麼影響。現代影響最大的一種看法，是以殷墟甲骨文為中國最早的文字。殷墟的甲骨文年代最古的不超過西元前一千三百年左右，這比黃帝、倉頡要晚一千兩、三百年。

甲骨文絕不是中國最早的文字。我們以後還會談到，甲骨文所代表的商代晚期文字，已經是相當發展、相當成熟的文字系統。這裡只講一下字數。甲骨文究竟發現了多少不同的字，目前尚難精確統計，暫以現有的甲骨文字典來估計，已發現的字數超過五千。必須注意到，我們現在能見的甲骨，不過是當時全部甲骨的一小部分，還有許多迄今埋藏地下，沒有被發掘出來，另外一定又有許多當時已毀棄了。即使能看到全部甲骨，由於甲骨本身的性質限制，當時使用的文字也不會統統在甲骨上出現。所以，商代晚期文字的字數肯定大大超過五千之數。要知道，東漢的《說文》所收字數是九千多個，今天我們常用的漢字仍不過六千左右。由此可見，把甲骨文看成中國最早的文字，無疑是不妥當的。

比殷墟甲骨文年代更古而與文字起源有關的考古材料，是陶器上面的符號。

從新石器時代起，我國境內某些種文化的陶器上便有符號出現。有的符號是刻劃的，有的符號則是用毛筆一類工具繪寫的。就數量而言，刻劃的數量比繪寫的要多。陶器的符號有一定傳統，一直到東周、秦、漢還存在的陶文，是新石器時代以來陶器符號的後身。

新石器時代的陶器符號，在三十年代初已有發現。那時在山東省章丘縣城子崖進行發掘，在龍山文化陶片上發現了一些符號。這些符號比較簡單，數目又少，沒有得到很大注意。西元一九四九年後在西安市半坡發掘，西元一九六三年出版了報告《西安半坡》，發表該遺址所出仰韶文化陶器符號一百多例。仰韶文化比龍山文化更早，符號更多，有些「刻劃較繁」，容易和文字聯繫起來，於是很快引起古文字學界的重視。

半坡這種仰韶文化陶器符號，在陝西長安、臨潼、郃陽、銅川、寶雞和甘肅秦安等地也有發現，有一些共同的特點。符號基本上只見於一種彩陶缽，一般刻在缽口外面黑色的邊緣上。每個缽刻一個符號，極少數是兩個符號刻在一起。這裡我們舉出西安半坡和臨潼姜寨發現的幾種陶器符號（圖一），像不像文字，讀者無妨自作判斷。

郭沫若先生討論過半坡的刻劃符號，他認為：「刻劃的意義至今雖尚未闡明，但無疑是具有文字性質的符號，如花押或者族徽之類。我國後來的器物上，無論是陶器、銅器或者其他成品，有『物勒工名』的傳統。特別是殷代的青銅器上有一些表示族徽的刻劃文字，和這些符號極相類似。由後以例前，也就如由黃河下游以溯

圖一　半坡、姜寨仰韶文化陶器符號

源於星宿海，彩陶上的那些刻劃記號，可以肯定地說就是中國文字的起源，或者中國原始文字的孑遺。」郭沫若先生稱半坡陶器上的刻劃為「具有文字性質的符號」，這是謹慎的科學態度。

半坡的陶器符號是由刻劃的幾何線條構成的，其中一些比較簡單的，如積畫的可釋為數字「一」、「二」、「三」，乂形的可釋為數字「五」、「七」，但這種情形也可能只是巧合。凡對簡單的幾何線條形符號用後世的文字去比附，總是有些危險，不能得到令人信服的結論。

仰韶文化陶器符號也有少數結構複雜的，例如在臨潼姜寨出土的陶器上有一個符號（圖二），係由五個相聯「〈」形構成。這樣的符號很難說是隨意刻劃，應當說與文字比較接近。有學者認為它和商代甲骨文的「岳」字相似，這是不無可能的。

圖二　姜寨陶器符號

在青海省樂都柳灣發現了甘肅仰韶文化馬廠類型陶器符號，這種文化類型的年代比仰韶文化半坡類型晚。符號只見於一種彩陶壺，是用毛筆一類工具繪寫的，據統計有五十多種。符號的形體和半坡的那種差不多，個別也有結構較為複雜的。

年代更晚的龍山文化陶器，也發現有刻劃符號。除前面提到的山東章丘城子崖外，其他一些地方先後均有發現。河南登封王城崗最近出土的兩例，筆劃比較繁複，其年代已近於文獻記載中的虞、夏。

現在一部分學者主張是夏文化的二里頭文化，是以河南省偃師二里頭遺址命名的。二里頭發現有不少陶器刻劃符號，都在一種大口尊口沿裡面，其形體已很像甲骨文。在鄭州發現了比殷墟年代早的商代陶器符號，也刻在大口尊的口沿內。在河北省藁城臺西和磁縣下七垣出土的陶器刻劃符號，有的比殷墟早，有的和殷墟時期相當，絕大部分是和甲骨文同樣的文字，如臺西發現的「刀」、「止」、「臣」等字，都很容易辨識。殷墟所出的陶器上，每每有和臺西、下七垣相仿的刻劃，這些已經是嚴格意義的文字了。

上述從仰韶文化到商代的陶器符號，已經構成了一個發展序列，有著由簡單而複雜的演變過程。

有些少數民族過去也使用過刻劃符號，雖然不是在陶器上，但符號的形體頗與仰韶、龍山的陶器符號近似。居住在雲南、四川的普米族的刻劃符號，學者劃分為占有符號、方位符號、數字符號三類。有的符號已有較固定的形體，如以日形表示東方，和漢字的「東」「從日在木中」取意一致。普米族的符號可以說有形有義而沒有音，如將其形統一確定，再與一定的音結合，就形成了真正的文字。古代文字的產生過程可能就是這樣，而陶器符號的發展是這一過程的反映。

近年在山東省發現的大汶口文化陶器符號，為探索中國文字形成問題投射了新的光明。大汶口文化是分布在山東和江蘇北部、河南東部的一種新石器時代文化，陶器符號出現於其晚期，年代約在西元前兩千到兩千五百年間。西元一九五九年，在山東寧陽堡頭出土一件陶背壺，上面有以毛筆一類工具繪寫的紅色符號。隨後，在莒縣、諸城出土的一種陶尊上，連續發現刻劃的符號，有的符號上還塗著紅色。這些符號刻在陶尊表面極顯著的位置，形體接近商代的青銅器銘文，多數古文字學者認為是文字。這種符號迄今發現的不同形體，已逾十種，如附圖所示四種，可分別釋為：

「斤」，（左上）
「戌」，（右上）
「炅」，（左下）
「炅山」（右下）（圖三）。

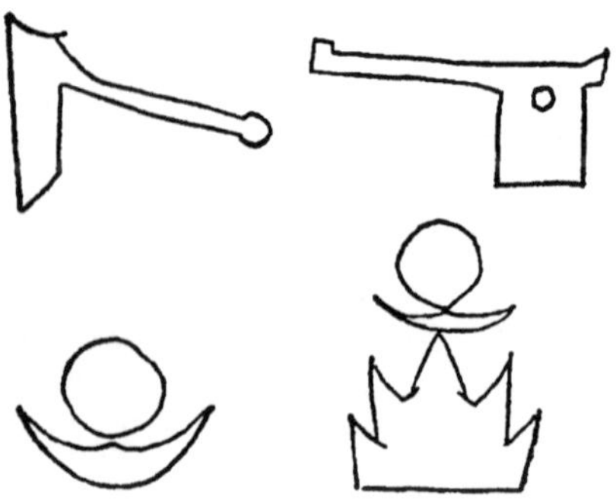

圖三　大汶口文化陶器符號

這裡面「炅」和「炅山」最有意思，在不同的地點出現了好幾次。「炅」字音ㄐㄩㄥˇ，見於《說文》，義為日光，同時在某些文獻中用作「熱」字的另一寫法。更有趣的是，在西元一九四九年前流到海外的幾件玉器上，也有刻劃的「炅」字。

玉器有一件臂圈、三件璧。玉臂圈的樣子和吳縣草鞋山出土的差不多，圈面有兩處刻劃符號，其中之一就是同大汶口文化陶尊類似的「炅」，刻在臂圈外表偏上

圖四　良渚文化玉璧符號

的地方。另一符號，目前尚無法讀釋。

三件璧都很厚大，璧面同樣位置各有一處符號（圖四）。這三種符號都是複合的，不難看出其一的下部還是個「炅」字，為了突出，筆劃中用線條和花紋填實了。作為「炅」字襯底的，是鳥立於山上的形狀，像山的部分有五個峰頂，和大汶口文化陶尊的「山」字相仿。鳥在山上，可釋為「島」字。其餘兩件璧的符號也包括「島」字在內。

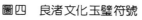

這些玉器屬於良渚文化。良渚文化從年代來說，和大汶口文化的中期後半及晚期並存，分布地區則在江蘇中部到浙江一帶，與大汶口文化相鄰接。在兩種文化的器物上都發現了「炅」字，有形體共同的符號，說明當時可能已有傳播較廣的文字，為文化性質不同的地區人民所採用。

以上所說，在很大程度上只是猜測。我們相信，隨著考古工作的迅速開展，關於文字起源問題的材料會不斷增多，解決這一重要問題的時間已經相距不遠了。

四、甲骨學基礎知識

我國古代流行過一種習俗，用龜甲或者獸骨（主要是牛的肩胛骨）加以燒灼，觀察所形成裂痕的形狀，認為可以判斷吉凶。所用的龜甲、獸骨埋藏在遺址中，發掘出來就是考古學上說的甲骨。根據現有考古材料，甲骨占卜在新石器時代晚期已經出現了，至商代而大盛，商亡以後延續未絕，在某些少數民族甚至保存到現代。古書有不少記述這種卜法的，傳世專書較早的有《玉靈照膽經》等，可能是唐代作品。清人胡煦有《卜法詳考》，附於他的《周易函書約存》，徵引了許多材料。

商代的甲骨常刻有文字，絕大多數都與占卜有關，稱為卜辭。由於當時人篤信占卜，事無大小都求決於卜法，所以卜辭的內容非常豐富，在不同程度上反映了社會的各方面，因而有重要的史料價值。迄今為止，有字甲骨只在兩處商代遺址發現，一處是河南安陽的殷墟，另一處是鄭州。鄭州只找到兩片帶字的骨，均為採集品，所以我們研究的商代甲骨，實際上主要是殷墟甲骨。

殷墟以洹水南岸的小屯為中心，是面積約二十四平方公里的大型遺址。早在北宋時，這裡便出土過商代帶銘文的青銅器，見於記載。有字甲骨的發現，時在西元一八九八年的下半年，曾有古董商拿了一些給天津的孟定生、王襄看過，他們認為是古簡。西元一八九九年，在北京的著名金石學家王懿榮對甲骨作了鑑定，這種珍貴文物才為世所知。到西元一九〇八年，羅振玉首先弄清楚甲骨的出土地點，隨後他和王國維考定殷墟是商朝晚期的舊都。甲骨的發現以及殷墟性質的推定，最後導致西元一九二八年開始的殷墟發掘，這是中國現代考古學的肇端。因此，甲骨的發現，不僅在我國，在世界考古學史上也有很重大的意義。

從甲骨發現到現在共八十幾年，殷墟陸續出土了大量甲骨，而且看來還會有更多的發現。現已出土的有字甲骨，整版的不多，大多數是殘碎的。不管是整版的還是殘碎的，可以片為單位來統計。已發現的究竟有多少片，學術界有不同的估計，我們的意見是約十萬片左右。這個數字，可以說相當龐大了。

上面說過，殷墟是商朝晚年的首都。在這裡建都的，有盤庚、小辛、小乙、武丁、祖庚、祖甲、廩辛、康丁、武乙、文丁（卜辭稱文武丁）、帝乙、帝辛十二位商王（依古本《竹書紀年》說）。殷墟甲骨的時代，目前有明確證據判定的是武丁到帝乙的卜辭。是否發現了盤庚到小乙的卜辭，帝辛卜辭是否存在，還有待進一步探索。其中武丁時的甲骨為數最多，占到甲骨總數的一半。武丁被稱為殷高宗，在位長達五十九年，國力強盛，戰國時還有學者稱頌他是「天下之盛君」。屬於他的時期的甲骨最多，是很自然的事。

大家一提到商代文字，就想到甲骨文，但是「商代文字」和「甲骨文」這兩個概念是不一致的。甲骨文雖然是最主要的一種商代文字材料，可是當時的文字現在能看到的還有青銅器、陶器、石器、玉器等上面的銘文，所以不能用「甲骨文」一詞來概括所有的商代文字。實際上，甲骨上的字在那時是比較特殊的，因為甲骨的字是用一種鋒利的工具契刻而成，而商代人們日常書寫應該是用毛筆。今天我們在一些甲骨和器物上還能看見用毛筆書寫的文字，其筆畫比較豐肥，風格和刻成的甲骨文有所不同。同時甲骨文是卜辭，只能涉及需要占卜的事項有關的字，所以也不能認為甲骨文已經包括當時人們使用的所有的字。

甲骨文是成熟的文字，不僅表現於字的個數之多，也表現在字的結構的複雜。甲骨文並不都是象形字，而且象形在其間的比例實不很大。古人所說的「六書」：象形、會意、形聲、指事、轉注、假借，在甲骨文中都可找到實例。即以象形字論，甲骨文的字也遠不是原始的，如藁城臺西陶文的「止」字（「趾」的初文）明顯地像足趾形，有五個腳指頭，甲骨文的「止」字則簡化為，只剩了三個腳指。甲骨文的「人」字作，僅有側影；「魚」字頭向上，失去了自然的體態。這些都表明它們經歷了較長的演變過程。

古代文字常由象形轉化為形聲，這可以說是一條規律。甲骨文裡形聲字相當多，而且在武丁時業已大量存在，也是文字比較成熟的一條證據。

有些學者學甲骨文費了不少時間，可是還不能掌握怎樣讀甲骨上的辭句。原因是他們不知道甲骨文絕大多數是卜辭，要通讀卜辭，必須了解卜法的程序。

殷墟甲骨的質料，有龜腹甲、龜背甲、牛（少數為羊、豬）胛骨三種。甲骨都是從各地採集或貢納到首都來的，要經過一定的修治。特別是背甲，要中剖為左右兩半，個別還有削成鞋底形的。加工修治好的甲骨，有固定的形狀（圖五、六）。學習甲骨的讀者應記住幾種甲骨的輪廓，甲版上紋理的位置，以便辨識碎片原來的部位。

修治過的甲骨，在背面用鋒刃器挖出圓形的鑽和梭形的鑿，有些圓鑽是用鑽子鑽成的。胛骨扇部的正面，有時也有鑽鑿。這時，準備工作完成，甲骨可以用來占

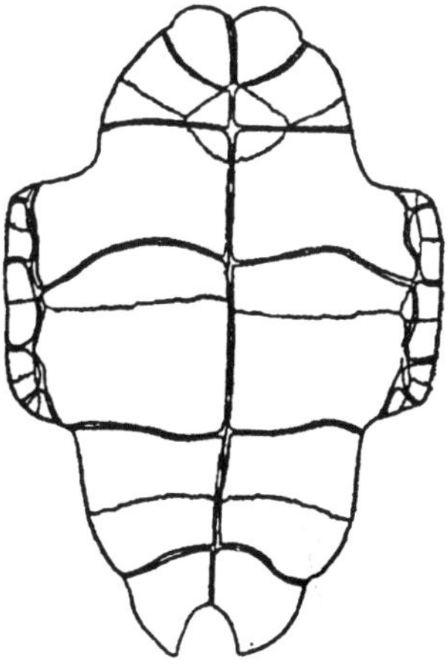

圖五　殷墟卜用龜腹甲

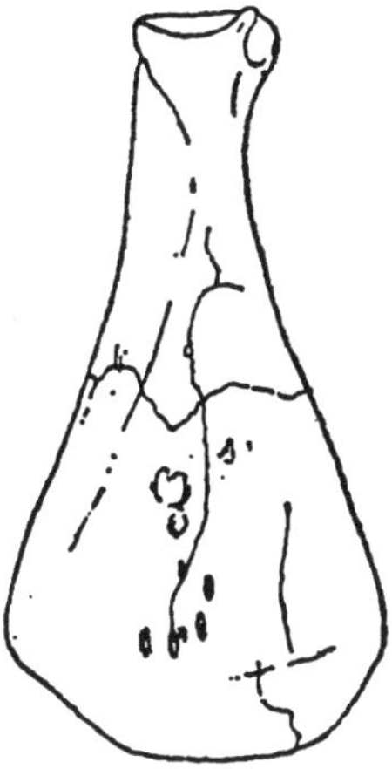

圖六　殷墟卜用牛胛骨

卜了。

上述的過程，包括甲骨的來源，修治甲骨的人員，以及修治後交付哪一卜人保管，都要記錄在甲骨上面。為了不妨礙占卜，一般是刻在不用於占卜的部位，如胛骨的骨臼或背面外緣，腹甲甲橋背面或尾甲正面一角，背甲頂端或背面內緣等處。這部分刻辭，我們稱之為署辭。

占卜時，卜者用火燒灼已製好的鑽，使甲骨坼裂成「卜」字形的裂痕，名為「兆」。兆的情況和次第，刻記在兆的旁邊，我們稱之為兆辭。表示次第的兆辭，也稱為兆序。

占卜的時日，卜者的名字，所問

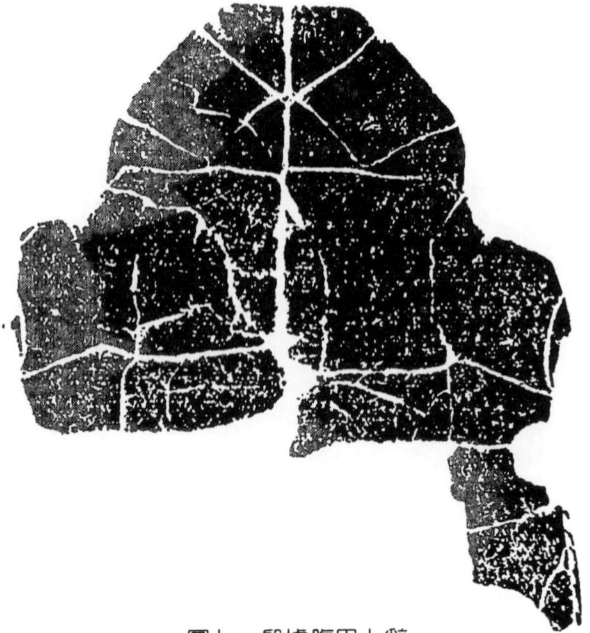

圖七　殷墟腹甲卜辭

的問題，都刻在有關的兆的附近。關於卜問時間，有時還有地點的部分，稱為前辭。問題本身，稱為貞辭。得兆後，應對照占書，作出吉凶禍福的判斷，稱為占辭。最後把占卜後是否應驗的情況也記錄下來，稱為驗辭。附圖是刻有卜辭的甲骨的拓本（圖七、八）。

以上署辭、兆辭、前辭、貞辭、占辭、驗辭，構成甲骨卜辭的整體。不過並不是每版甲骨的卜辭都能夠具備這六個部分，更多的實例是比較簡化的。

下面以《殷墟文字乙編》七

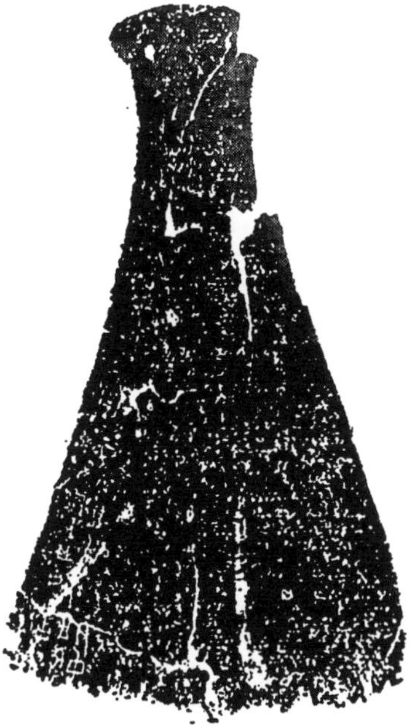

圖八　殷墟胛骨卜辭

一二六腹甲為例，按上述試加分析：

背面右甲橋「㞢入五十」是關於腹甲來源的記錄，甲係㞢所貢納，共五十版，此為其中之一。左甲橋「婦杞示十，爭」是關於腹甲修治保管的記錄，由婦杞主管修治，共十版，交卜人爭收掌，以備卜用。以上為署辭。

正面左右對貞，右側七兆，兆辭為「〔一〕，二、小告，三，四、不許龜，五，六、二告，七。」左側六兆，兆辭為「〔一〕，二，三，四，五，六不許龜。」

與右側兆關聯的是從正面問的卜辭，與左側兆關聯的是從反面問的卜辭。一正一反對問，是這一時期卜辭的常例。此版一對卜辭是：「戊戌卜永貞，今日其夕風？貞，今日不夕風？」「戊戌」，是紀日的干支，「戊戌卜」即在戊戌這一天占卜。「永」，執行占卜的卜人名。「貞」，意思是「問」。「戊戌卜永貞」，是前辭。反問則從簡略，只用一個「貞」字。

「今日其夕風」，是貞辭，意思是：今天在晚上起風麼？反問「今日不夕風」，意思是：今天不在晚上起風麼？兩問一正一反。

這一版沒有占辭和驗辭。

另舉一條有占辭、驗辭的例子，這是《殷墟文字乙編》六六六四腹甲：

> 丙申卜㱿貞，來乙巳酌下乙？王固曰：「酌，惟有祟，其有設。」乙巳酌，明雨，伐既雨，咸伐亦雨，施、卯鳥星（晴）。乙巳夕有設於西。

「丙申卜㱿貞」是前辭，「來乙巳酌下乙」是貞辭。「王固曰」以下是占辭，「乙巳酌」以下則是驗辭。整條卜辭大意是：丙申這一天由卜人㱿卜問，乙巳是否彭祭祖先下乙（即商王祖乙）。王（武丁）作出判斷說，此次彭祭將有災祟，而且有設（有學者以為是霓）。到乙巳這一天舉行彭祭，天亮開始下雨，行人祭時雨停，人祭結束又落雨，到陳列祭品和殺鳥儀式時天才放晴，當晚又有「設」在西方出現。占辭、驗辭的體例大致如此。

按照古本《竹書紀年》，從盤庚在現在殷墟地方建都，到帝辛滅亡，共有二百七十三年。這兩個多世紀的時間裡，甲骨的形制和文字自然有不少變化，需要分期。西元一九三三年，董作賓作《甲骨文斷代研究例》，提出把殷墟甲骨劃為五期，即：

盤庚到武丁　第一期
祖庚、祖甲　第二期
廩辛、康丁　第三期
武乙、文丁　第四期
帝乙、帝辛　第五期

五期分法以當時考古成果為依據，所以為學術界接受，沿用至今。董氏的分期，現在看起來有一些缺點，近年有學者主張以更合考古學原則的分組法來代替，尚未得到普遍採用，這裡就不詳細介紹了。讀者如有興趣，可參考本書第十二節推薦的有關論著。

西元一九四〇年在上海出版的《學術》第一輯，發表了何天行的一篇短文，題目叫做〈陝西曾發現甲骨文之推測〉。他根據古書的一些記載，推想在陝西可能發現周代的有字甲骨。這本期刊流傳不廣，何氏的意見沒有引起人們的注意。到五十年代，果然發現了西周甲骨，何氏的預言竟得到實現。

有字的西周甲骨，西元一九五四年在山西洪洞縣坊堆首次發現。到現在，西周甲骨文已先後在四個地方出土過，除坊堆外，有北京昌平縣的白浮，陝西長安縣的灃鎬遺址和扶風、岐山兩縣間的周原遺址。周原所出數量最多，岐山縣鳳雛一地就發現甲骨一萬多片，其中有字的近三百片。西周甲骨文的發現，使甲骨學的研究範圍擴大了。

西周甲骨有不少和商代甲骨不一樣的特點，如胛骨上多作圓鑽，龜甲上的鑿則是方形的。《周禮．卜師》說周的卜甲有「方兆」，正是指這種方形的鑿而言。在

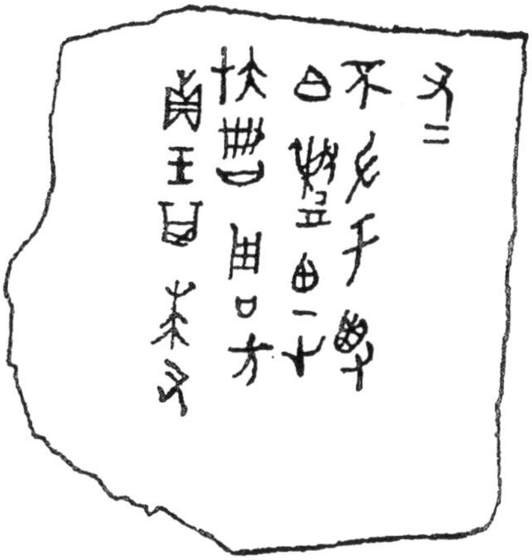

圖九　鳳雛腹甲卜辭

陝西、河南等地還出過一些沒刻字的西周卜甲，上面的鑿也是方的，一看就知道和商代的不同。

周原的甲骨文不是一個時代的，初步研究，最早的屬於周文王時，晚的可能到周昭王、穆王的時候。別的地點的西周甲骨，有的年代更晚。大家知道，周文王是商朝的諸侯，當時商的末一代王帝辛（紂）在位，所以文王時的卜辭就是商末的卜辭。事實上，在周原發現的幾片文王時卜甲，雖然形製和殷墟所出有所區別，卜辭的文例卻是相近的。

舉鳳雛出土的一片為例（圖九）：

貞，王其拜侑大甲，冊周方伯，盠，窗

（斯）正？不左於受有祐？

這條辭中的「王」指商王帝辛，大甲是商的先王，「周方伯」即當時任西伯的周文王。卜辭是說商王祭祀大甲，以西伯的事上告，用黍稷之類奉獻，能夠得到福祐，所用詞語和殷墟最晚的卜辭是很近似的。由此可見商周甲骨在卜法上雖非同一系統，彼此仍有影響。

西周甲骨有些片上刻有一串數字，數字以六個成為一組，如長安張家坡的一塊胛骨上有「六八一一五一」。類似數字在青銅器、陶器等等上面也出現過，包括由一到十，都是「卦」的原始形式。原來當時人占卜的方法，在用甲骨的卜法以外，還有用蓍草的筮法，「卦」便是筮法的記錄。古人占問大事，常先筮後卜，這時會把筮得的「卦」記在占問同一事項的卜用甲骨上，以便對照參考，於是在甲骨上面保存了筮法所用的數字符號。

西周甲骨文是新發現，有些問題現在尚不清楚，有待於深入探究。

五、金文的形形色色（上）

西漢的皇帝崇尚方術，迷信所謂祥瑞。青銅器的出土，有時被認為祥瑞的一種。漢武帝時在汾陰掘獲銅鼎，「鼎大異於眾鼎，文鏤無款識」。一班阿諛取寵的臣子大加鼓吹。形容作「天祚有德」的祥瑞。武帝以鼎薦於宗廟，還特作了〈景星歌〉，列為《郊祀歌》十九章之一。從現代的考古知識看，武帝時發現的其實是一件春秋時期的晉鼎。

到西漢晚期宣帝的時候，在美陽又發現銅鼎，上獻到朝廷。許多朝臣主張援武帝的舊例，以鼎薦見於宗廟，只有京兆尹張敞反對。張敞通習古文字，他對鼎上的銘文作了考釋，指出鼎是周朝一個叫尸臣的大臣受到王的賞賜，「大臣子孫刻銘其先功，藏之於宮廟」，不宜薦於宗廟。他列舉的理由確鑿有力，揭穿了以得鼎為祥瑞的謬說，薦鼎的計劃不得不中止。張敞是史書記載中最早讀釋金文的學者。從那時以後，金文的考釋研究歷代不絕，至北宋更為盛行。

金文是青銅器上的銘識，所以研究金文必須對青銅器本身有基本的知識。

銅是古人最早發現和使用的金屬之一。人們一開始是利用在自然界小量存在的天然銅，然後發明從礦石冶煉出銅的技術。首先用的是未有意摻入其他金屬的純銅，通稱紅銅。經過長時期實踐，才知道在銅中加入一定比例的錫能提高硬度、降低熔點，這種含錫的銅基合金就是這裡說的青銅。近年甘肅東鄉縣出土的一柄青銅刀，年代約當西元前三千年，可見青銅器在我國有久遠的歷史。

中國古代青銅冶鑄業異常發達，青銅器種類繁多。學習金文，應當記住各種器物的名稱。大致說來，古代青銅器有下面十類：

(一)烹炊器：鼎、鬲（ㄌㄧˋ）、甗（ㄧㄢˇ）等。

(二)設食器：簋、盨（ㄒㄩˇ）、簠（ㄈㄨˇ）、敦（ㄉㄨㄟˋ）、盂、豆等。

(三)酒器：尊、卣（ㄧㄡˇ）、方彝、罍、瓿（ㄅㄨˋ）壺、觚、觶（ㄓˋ）、角、斝（ㄐㄧㄚˇ）、觥（ㄍㄨㄥ）、盉（ㄏㄜˊ）等。

(四)水器：盤、匜（ㄧˊ）、缶、鑑等。

(五)樂器：鐘、鎛、鐃、鼓、錞（ㄔㄨㄣˊ）、于等。

(六)兵器：戈、戟、矛、鈹（ㄆㄧ）、劍、刀、殳（ㄕㄨ）、鉞、鏃、盾飾、胄等。

㈦車馬器：鑾、軎（ㄨㄟˋ）、鑣、銜、當盧、馬冠等。

㈧工具：斧、錛、鑿、削、鋸、鏟、臿（ㄔㄚ）、钁、鑄、鎌、鎒等。

㈨度量衡：尺、量、權、衡杆等。

㈩雜器：鏡、帶鈎、燈、建築飾件、棺椁飾件等。

青銅器的研究除注意銘文外，必須兼顧器物形制、紋飾、組合、工藝以及出土情況等，考慮才能全面。

金文從北宋時起即有專書著錄。現在我們能看到的材料，以原物和著錄合計，數已逾萬。僅以建國以來正式發表的有銘青銅器而論，也有一千多件。其中不少是長篇巨製，前人以之與《尚書》相比，有很寶貴的價值。不過，西元一九四九年以前流傳的器物，由於當時的歷史情況，有不少偽器混雜其間，需要細心鑑別。青銅器價格很高，有的偽器做得相當巧妙，不容易識破，事實上一些著名收藏家也受過欺騙，各種著錄常不免收入贋鼎。對於現在只存在拓本或者摹本，沒有原器可資觀察的器物，更應注意辨別真假。

最有名的一件偽器，是所謂晉侯盤。這件盤偽造的時間較早，西元一八七〇年由北京一處王府流到英國。英人蒲舍爾把它著錄在他編寫的《中國美術》第一卷中，因而在外國稱為蒲舍爾氏盤。這件盤形制很大，直徑三十三又四分之一英寸，高十又四分之一英寸，腹外有嵌金銀的饕餮紋，內底有五百五十個字的長篇銘文。如果盤是真的，這就是所有金文中最長的一篇了。可惜連盤帶字完全是假造的，國內外都有學者作過正確的鑑定。這件著名偽器，收藏的博物館早已不陳列了，其實從研究偽作青銅器的歷史來說，它還是很有價值。

晉侯盤字、器皆偽，比較容易鑑定。有些偽器是用真的殘片拼合，或在真器上加做假字，或把短的真銘加長，狡獪的手法很多。近年出土的青銅器，個別也有偽造的。前幾年曾看到南方出土的一整坑青銅器，全都是元代仿造的假古董。最近又見到一柄出土的劍，仔細觀察，確定器真而銘假，估計是古董商埋藏地下藉以做銹的。所以即使是出於地下，也不能一概信以為真。

青銅器上出現銘文，現有最早的例子屬於商代中期。這個時期的器物大都是薄胎的，花紋多為帶狀，沒有襯地的紋飾。鼎、鬲等的足是錐形的，爵、斝是平底。已經發現的銘文只有很少幾件，而且都限於兩三字。

商代晚期的青銅器，器胎變厚，花紋日趨繁縟，器種也顯著增多了。銘文一般仍很簡短，有的只記器主的族氏或名字，如「戈」、「亞羌」、「婦好」、「子妥」，有的記所祭祀先人的稱號，如「祖甲」、「父乙」、「后母戊」。複雜一點的兼記上述兩者，如「咸，父乙」，「咸」是器主族氏，「父乙」是所祭的先人。

這種簡短銘文裡的族氏的字，每每寫得很象形，比如「象」字很像站立的象，有翹起的長鼻；「魚」字的鱗鰭，「馬」字的尾鬣，都清楚地表現出來。這只是為了把族氏突出出來而寫的一種「美術字」，並不是原始的象形文字，也不能作為文字畫來理解。

還應該說明，這種簡短形式的銘文不是商代特有的。過去羅振玉《殷文存》、王辰《續殷文存》，以此為商器的標準，是不妥當的。現在看來，這種形式銘文在西周前期還很流行，甚至到春秋初年還有個別的例子。

商代晚期也有比較長的銘文，但未超過五十字，其字體、文例都接近甲骨文。以故宮博物院收藏的西祀邲（ㄅㄧˋ）其卣為例，卣上有三處銘文，蓋和內底均有「亞獏，父丁」、「亞獏」是器主族氏，「父丁」是所祭先人；另外，在卣底圈足內有銘四十二字（圖十），記載商王祭祀文武帝乙和邲其受王賞賜的事跡。文武帝乙就是帝辛的父親帝乙，這件卣作于帝辛四年，是珍貴的標準器。

圖十　四祀邲其卣底銘（摹本）

西周前期（周武王到昭王）的器物，各方面都直接繼承商代的傳統，大多花紋繁麗，製作精美。這時銘文逐漸加長，字的筆畫多有顯著的「波磔」，氣勢渾厚。武王時的銘文很少，近年在陝西臨潼發現的利簋，記述武王在牧野之戰獲勝的經過，與《尚書》、《逸周書》吻合無間。其他如記周公東征豐伯薄姑的塱方鼎（圖十一），記分封衛康叔的沬司徒逘簋，記昭王南征的「安州六器」等，多可與文獻對照，不勝枚舉。

西周中期（穆王到孝王）和

圖十一　𡉚方鼎

晚期（夷王到幽王）的青銅器，紋飾漸趨簡樸，銘文則更多長篇。迄今發現字數最多的一篇金文，是西周晚期的毛公鼎，有四百九十七字，現在由臺灣收藏。西周中晚期屬於冊命性質的銘文較多，敘述周王對臣屬的封賞，對研究官制和等級制度很有意義。這一類金文多有固定格式，文字也多規整。同時有關社會經濟的材料也比較多，如記土地交易的格伯簋、衛鼎，記土地轉讓的散氏盤之類，都十分重要。記載戰事的也不少，例如翏生盨、禹鼎等記與淮夷的戰爭，多友鼎、虢季子白盤，不其簋等記與玁狁的戰爭，無不是寶貴材料。從數量來說，這乃是金文的極盛時期。

西周末年，有些銘文的字體開始有新的變化。虢季子白盤最值得注意，其文字方整，在風格上開後來秦人文字的端緒。古書載，周宣王時有太史籀作《史籀》十五篇，《說文》的籀文即以此得名。現在學者都認為籀文近於秦人文字，所以虢季子白盤的字體有可能就是《史籀》同樣的文字。

作器者多為周朝大臣官吏，是西周青銅器的特點。諸侯國的金文較少，特別是缺乏長篇的。到西周復亡，周王室東遷以後，朝廷勢力衰落，諸侯的器物逐漸增多，從而青銅器的地方性日益加強。有些地方出土的金文，字形詭異，文句也不易索解。總的來說，春秋時期的青銅器以晉、鄭、齊、楚等大國的最為重要，其中晉國在字形演變和器形的發展上都較為先進。春秋晚年，南方的徐、吳、越、楚等國青銅工藝突飛猛進，生產出有很高藝術水平的器物，銘文也規整美觀，用韻精嚴。

圖十二
智君子鑑銘文

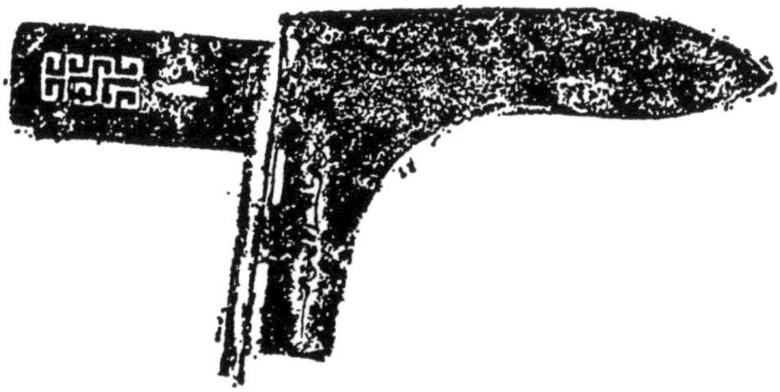

圖十三　玄翏戈鳥書銘文

春秋中期起，青銅器又盛行繁縟富麗的裝飾，嵌錯紅銅或金銀的技巧也流行起來。文字的形體逐漸變長。在北方晉國出現一種特殊字體，筆畫頭尖腹肥，形似蝌蚪，可能就是漢晉人說的「科斗文」，如河南輝縣出土的智君子鑑銘文（圖十二）。南方則常見筆畫細而首末如一的字體，還有一種以鳥形作為附加裝飾的，稱為鳥書（圖十三）。與此同時，西方的秦國繼承《史籀》的統緒，形成自己另一種字體。這種字體分歧的局面，是那時諸侯分立的政治經濟條件所造成的。

戰國前期基本上是春秋晚期的繼續。西元一九七七年在湖北隨縣擂鼓墩發現的青銅器屬於這一時期。出土於擂鼓墩一號大墓的這批青銅器，一共有一百四十件（兵器未計在內）。最重要的是一套有架的編鐘，計有鐘六十四件，每件上都有關於樂律的銘文。

把各件鐘的銘文合計在一起，約二千八百字左右。根據銘文研究，這座墓下葬於西元前四三三年，死者是曾侯，多數學者認為即文獻中的隨侯。隨國的青銅器是著名的，漢宣帝時曾「為隨侯劍、寶玉、寶璧、周康寶鼎立四祠於未央宮中」，見《漢書・郊祀志》。

戰國中晚期，青銅器的裝飾再趨簡樸，崇尚素面的器物，銘文也衰落了。這個時期，除少數重器，如河北平山出土的中山王鼎、壺等外，所謂「物勒工名」的格式占了主要地位，只記製器的工匠和督造的官吏，字體也多草率。以前文字大多是鑄成的，這時則以刻的為主。西方秦國的字體，和東方六國的「古文」相對立，六國字體彼此也有差別，這些問題在下面還要談到。不過，列國之間的影響也是很強烈的，到戰國末，青銅器的統一傾向已經充分表現出來了。

秦代短暫，留下的金文種數不多，常見的是量、權上秦統一度量衡的詔書。秦代青銅器是戰國晚期秦器的繼續，而漢初的器物，包括銘文的字體、格式，又是在秦器的基礎上發展的。有的青銅器研究者把範圍下延到漢代，對銅鏡的研究還可以延長到唐以後。

六、金文的形形色色（下）

金文的內容多種多樣，但最重要而與研究古史有密切關係的，主要是下列各種：

首先是關於分封的銘文。如傳河南浚縣出土的沬司徒逘簋（《商周彝器通考》二五九），銘文開頭記載「王來伐商邑，征（誕）令康侯鄙於衛」。「鄙」訓為「居」，「鄙於衛」即居於衛。銘文所記與《左傳》定公四年講的周成王封康叔，「命以《康誥》而封於殷虛」，是相應的。

另一件記述分封的西周前期青銅器，是西元一九五四年在江蘇丹徒煙墩山出土的宜侯矢簋（《商周金文錄遺》一六七）。銘中詳記周王賜予宜侯的物品以及授土、授民的數字，對了解當時的「封建」制度很有幫助。

很多青銅器是為紀念器主的功績而製作的，其銘文一般要記載器主在什麼事情上有功，因而得到君上的褒賞。能稱功邀賞的事項很多，不一定限於戰功。

著名的武王時器天亡簋（《商周彝器通考》二九八），清道光末年與毛公鼎同時出土於陝西岐山。簋銘敘述天亡在武王祭祀文王時助祭，得到王的褒獎，因而鑄器。類似的由於在王左右執事而得賞賜的事例，還有許多。器主執事的種類不同，所得的賜予也因事而異。如公姞鬲（《美帝國主義劫掠的我國殷周銅器集錄》一二八）銘云：

惟十又二月既生霸，子仲漁□池，天君蔑公姞曆，使錫公姞魚三百，拜稽首，對揚天君休，用作鬲鼎。

公姞是一個女子，因有功而得到三百條魚的賞賜。考慮到當時是周曆十二月，即夏曆十月，天氣已經轉寒，魚是不易獲得的珍品。以魚作為賜品，在金文中是較希見的。

西元一九六七年陝西長安新旺村出土西周中期器逋盂（《考古》西元一九七七年第一期），銘有「格姒後寮女寮奚」等語，我們以為是記為內宮選取侍女之事，與常見的金文很不相同。由此可見金文的變化很多，不可一概而論。

有關戰爭的金文，數量很多，也很有價值。上節已提到，西元一九七六年在陝西臨潼出土的利簋，銘載武王征商，戰勝紂王的日子是甲子，與《尚書》、《逸周書》等文獻記載完全相合。據《逸周書．世俘篇》，甲子日「太公望命御方來。丁卯，望至，告以馘俘。戊辰，王遂御循追祀文王，時日王立政，呂他命伐越戲方。壬申，荒新至，告以馘俘，侯來命伐靡集於陳。辛巳，至，告以馘俘。甲申，百弇以虎賁誓命伐衛，告以馘俘。」利簋云：「辛未，王在闌阜，錫有事利金。」辛未是甲子以後的第七天，即武王立政後第三天。當時整個戰事尚未結束，所以次日壬申又命侯來伐陳。這件青銅器的珍異，可以想見。

尹吉甫是周宣王時的名臣，《詩．大雅》裡〈崧高〉、〈烝民〉等篇是他的作品。兮甲盤（《商周彝器通考》八三九）器主兮伯吉父很可能就是尹吉甫。盤銘云兮甲從王征伐玁狁，有所斬獲，王賜兮甲車馬，並命他管理成周四方諸侯以至淮夷的委積。楊樹達先生《積微居金文說》認為「讀此銘而周室當時政治之窳敗，軍紀之廢壞，可以見矣。王伐玁狁，而特命兮甲徵求成周各國諸侯乃至淮夷之委積者，臣民夷人皆匿藏其貯積，不肯委輸也。何以不肯委輸？以暴吏之橫徵，軍人之劫奪也。」這一類金文對探討西周晚期的政治經濟形勢有很重要的意義。

西元一九八〇年陝西長安下泉村發現的多友鼎，也是記周朝與玁狁的戰爭的。鼎銘二十二行，二百七十八字，詳述玁狁侵伐京師，王命武公追擊，武公於是令多友率領兵車西追。經過幾次交戰，所俘戰車即在一百二十七輛以上，可見戰爭的規模。這暗示我們，玁狁雖係戎人，並不僅僅是游牧騎射，而是有較高文化的少數民族。

春秋時的庚壺（《商周金文錄遺》二三二），銘記齊靈公時的一次戰役，其中說：「齊三軍圍□，冉子執鼓，庚大門（意為攻門）之，執諸，獻於靈公之所，公曰：『勇！勇！』」描寫生動，語言頗近於《左傳》。河北平山出土的戰國時器中山王鼎和方壺，描述中山伐燕的戰役，談到中山相邦司馬賙「親率三軍之眾，以征不義之邦，奮桴振鐸，闢啟封疆，方數百里，列城數十，克敵大邦」，文體則類似《戰國策》、《史記》。

古人認為祭祀與戰爭是國之大事。關於祭祀的金文，為數也不少。例如商周之際的我方鼎（圖十四）《善齋吉金錄》禮二一，三九）：

惟十月又一月丁亥，我作御，祡祖乙妣乙、祖己妣癸，征（誕）礿叔，二女咸服，遣福二□、貝五朋，用作父己寶隮彝。亞若。

圖十四　我方鼎銘文

「十月又一月」即十一月。「御」義為祀，「祡」是血祭，「礿[illegible]」也是祭名。在祭祀時有二女服事，祀後得到胙肉和貝的賞賜。這一類金文可用以考證古禮。

周王或諸侯任命臣下，或增授官爵，都要舉行冊命，受命的人每每鑄作青銅器，詳載冊命的經過，以為紀念。金文敘述冊命的很多，最詳盡的可以頌鼎和膳父山鼎為例。如膳夫山鼎（《文物》一九六五年第七期）銘所云，周王在周圖室，由南宮乎引膳夫山入門，站立在中廷，面向北。王命史桒宣讀冊書，命山管理飲獻人等事，賜給他玄衣等規定的輿服。山拜謝，接過冊書，然後退出，進獻覲璋作為報答。這一套儀注和《尚書》、《左傳》、《周禮》、《儀禮》等古籍所述，基本是一致的。

由冊命金文可以推知當時的輿服制度，即與一定的官爵相應的服飾和車馬等項，這是古代社會等級的鮮明表現。

與土地關係有關的金文，歷來很受學者重視，但其中有一些問題，還有待深入研究討論。由於這一類金文有好多共同的術語，互相比較有利於作出正確的解釋。

近年這方面最重要的發現無疑是西元一九七五年陝西岐山董家村發現的衛盉和兩件衛鼎（《陝西出土商周青銅器》一，一七二—一七四）。衛在器銘中又稱「裘衛」，是周朝掌管皮裘生產的官，相當《周禮》的司裘。銘文分別敘述他與矩伯間的三次交易，有的是以土地與土地交換，有的則是以土地或土地上的產品與裘衛的毛裘皮革交換。衛盉的銘文說：

惟三年三月既生霸壬寅，王稱旗於豐。矩伯庶人取覲璋於裘衛，才八十朋，厥價其舍田十田。矩或取赤虎兩、麀賁兩、賁韐一，才廿朋，其舍田三田。

……

西周時，王舉行大閱一類典禮要建起大旗，來預會的諸侯群臣都要覲見，因而矩伯向裘衛取得幾種朝覲時侯必需的物品。覲璋已見於前述膳夫山鼎，是一種禮玉，兩張赤色的虎皮是陪襯覲璋的皮幣。虎皮、牝鹿皮飾和有文飾的蔽膝三樣，都是裘衛掌管的皮製品。覲璋的價格是貝幣八十朋，折合十田；三項皮製品的價格是貝幣二十朋，折合三田。這確切證明，土地在那時已可轉讓，而且有了以貨幣計算的價格。裘衛青銅器的發現，對我們研究古代經濟史有深遠的影響。

涉及土地制度的金文，還可舉出師永盂、格伯簋、大簋、散氏盤等等，都是非常重要的材料。

敘述法律事務的金文也很重要。最著名的例子應推曶鼎，其中間一段最為難解，可惜限於篇幅，在此不能詳述。

岐山董家村出土的訓匜（《陝西出土商周青銅器》一，二〇七），時代是西周晚期偏早，器蓋聯銘，計一百五十七字。銘文記述伯揚父宣判牧牛的罪狀，說他和官長爭訟，違背了誓言，應打一千鞭，並施墨刑，現予輕減，赦免五百鞭，其餘改罰金三百鍰。牧牛重新立了誓言，繳了罰金。文中反映的制度和法律規定，都與《周禮》等文獻一致。

兩件聯銘的琱生簋（《兩周金文辭大系》一三三、一三五），既涉及僕庸土田的問題，又與法律事務有關。我們的意見是簋銘所述是周、召兩采邑間的糾紛，其地理背景即在陝西的周原。銘中的召伯虎，就是古書中的召穆公，是眾所周知的。

另有相當一部分青銅器，是古人專為嫁女而作，叫做媵器。媵器的種類，以洗沐用的盤、匜為最多。其中也有長銘的，如西元一九五五年安徽壽縣出土的蔡侯申盤（《壽侯蔡侯墓出土遺物》圖版三八），是蔡昭侯元年（西元前五一八年）為大孟姬嫁予吳王所作，銘文可以說明當時蔡、吳兩國的政治關係。

又如晉公盞（《三代吉金文存》一八，一三，二），是晉公嫁女於楚所作。作器的晉君，前人多以為是晉定公，我們則主張依吳闓生氏之說，定為晉平公。平公以女嫁楚，事見《左傳》昭公四至五年。據載，楚靈王派遣椒舉請婚於晉，平公許婚，第二年平公親自送女到邢丘地方。晉楚爭霸是春秋史事的重要關節，這次聯姻也有明顯的政治背景。

不少文獻提到古人在器物上有箴誡性的銘文，如《大戴禮記・武王踐阼篇》就記載了一些例子。不過，在出土的青銅器上卻找不到這種性質的銘文。過去曾著錄一件「取它人之善鼎」，羅振玉以為是箴的佳例，已有學者指出「取它人」是人名，「善（膳）鼎」是一詞，不能讀成「取他人之善」。近年在山東莒縣發現一柄東周銅劍，有吉語八字，與一般銘文體例不同。看來箴誡性的銘文是存在的，只是為數較少罷了。

最後應附帶談一下銅鏡的銘文。現在知道，直到秦代的鏡上面還沒有發現過文字。以前梁上椿《岩窟藏鏡》說戰國鏡已有銘文，是把一些鏡的年代定早了。我們看見過一面有四字銘文的四山鏡，其地紋較粗，時代應劃為漢初。安徽壽縣一帶出土的蟠螭紋鏡，不少有文字，其中有避漢淮南王劉長諱的，年代也是漢初。這種鏡銘都是篆書，如：

大樂貴富，千秋萬歲，宜酒食。

大樂未央，長相思，慎毋相忘。

大樂貴富，得所好，千秋萬歲，延年益壽。（圖十五）

相思願毋絕，愁思悲，願見怨，君不說（悅）。

圖十五　蟠螭規矩紋鏡

兩漢以下鏡銘都有較高的文學價值，漢初的蟠螭鏡是其最早的實例。

七、戰國文字研究

有一個事實，研究古文字的人大多忘記了，就是最早發現、最早得到研究的古文字，是戰國文字。

上文一再說過，戰國時諸侯分立，造成了《說文》所描述的「言語異聲，文字異形」的局面。秦兼併六國，為了鞏固政治的統一，規定以秦的字體作為規範，「罷其不與秦文合者」，在東方通行的六國古文因此歸於絕滅。漢代的文字基本上來自秦文字，所以生在漢代的人已經不能讀懂六國古文。

秦朝雖然焚書，禁止詩書百家語，但終究不能截斷文化的傳流。有些學者把戰國時用六國古文書寫的書籍隱藏起來，到漢惠帝四年（西元前一九一年）除《挾書律》後，這些舊書又重現於世。例如河間人顏芝曾藏《孝經》，他的兒子顏貞把書公開出來。北平侯張蒼由荀卿傳授《左傳》，這時也將《左傳》書獻於朝廷。更重要的，是景帝時魯恭王為擴大宮室，拆毀孔子舊宅，在牆壁裡獲得古文《尚書》、

《禮記》等數十篇，是古文書籍的一次大發現。此後，漢代有不少學者傳習古文。這些書籍，都是今天我們說的戰國文字。

秦代規定文字有八體：大篆、小篆、刻符、蟲書、摹印、署書、殳書、隸書，其中沒有古文，因為六國古文是禁止的。到新莽時改為六書：古文、奇字、篆書、左書、繆篆、鳥蟲書。古文即「孔子壁中書」，奇字是「古文而異者」。東漢時，《說文》收有不少古文。曹魏正始年間，刻了三體石經《尚書》、《左傳》（傳文只刻一小部分），三體是古文、篆、隸，可知古文那時仍在流傳。

西晉武帝太康二年（西元二八一年），又有古文書籍一次大發現，就是聞名於世的汲冢竹書。那時有人在汲縣以西，即今河南汲縣山彪鎮一帶盜掘古墓，發現了幾十車竹簡，由官府收得。荀勖、和嶠、傅瓚等參加了整理，有《紀年》、《穆天子傳》等七十五篇。這批簡的時代是戰國晚期，自然也是用戰國文字書寫的。

古文之學一直傳流到宋代。北宋初，郭忠恕著《汗簡》，是一部按部首編排的古文字典。其所以用「汗簡」為題，正是由於古文源自先秦簡書的緣故。這部書對我們研究戰國文字很有裨益。但是，宋代以來學者接觸商周金文的數量超過前人，戰國古文漸被忽視。大家覺得古文上不合鐘鼎款識，下不同《說文》篆體，懷疑它出於杜撰，清人鄭珍的《汗簡箋正》是這種觀點的代表。到晚清，戰國文字材料大量出現。陳介祺指出古文「校以今傳周末古器字則相似」（《說文古籀補敘》），但注意的人還不很多，到近年才得到綜合的研究。

商代文字可以甲骨文為代表，西周到春秋時期的文字主要是金文，而戰國文字材料就比較分散，有金文、貨幣文字、古璽、封泥、陶文、石刻、簡帛等多項。戰國文字中的秦文字，還算容易讀釋，六國古文的特點則是形體變化特多，有種種我們不熟悉的結構形式，加以普遍使用同音假借，很難辨識。有些很常見的字，一般認為早已釋出了，經過新材料的發現，才知道必須重新考慮。

例如戰國時期魏國青銅器多用「鈢」字，有這樣一些語句：

梁廿又七年，大梁司寇肖（趙）亡智鈢，……（大梁司寇鼎）

卅年，安（？）令癰，視事凮，冶巡鈢，……（安令癰鼎）

卅五年，安（？）令周友，視事務，冶期鈢，……（安令周友鼎、盉）

還有作「鈢盬」的，如：

梁十九年，亡智罘（遝，意思是及）秘嗇夫庶魔擇吉金鉼，……（梁十九年鼎）

這個字過去釋「鉼」，與古璽「守」字相比，知道實際從「寸」。近年發現中山王方壺，有「擇燕吉金，⿰金寸為彝壺」的話，證明字應讀為「鑄」。「⿰金寸」从「紂」省聲。《詩經．小弁》「惄焉如擣」，《釋文》：「擣，本或作㨶」，《韓詩》作「疛」，可以作為旁證。認識了「⿰金寸」即「鑄」字，上面列舉的器銘便全部讀通了。

這個例子也說明，戰國文字雖然變化多端，仍然是遵循古文字演變的規律的，所以只要細心分析，還是能夠讀釋出來。

剛才提到中山王方壺，是河北平山中七汲一號大墓出土的四件長銘重器之一，壺面刻銘四十行，四百四十八字。一起發現的中山王鼎，刻銘七十六行，四百六十九字，為戰國金文之冠。這種長篇金文，在戰國時期是罕見的。占這一時期金文大多數的，只記作器時間，監造者、工師和匠人的名字，置用處所，以及器物容積、重量等項。如河南泌陽官莊出土的一件平安君鼎，蓋上的銘文是：

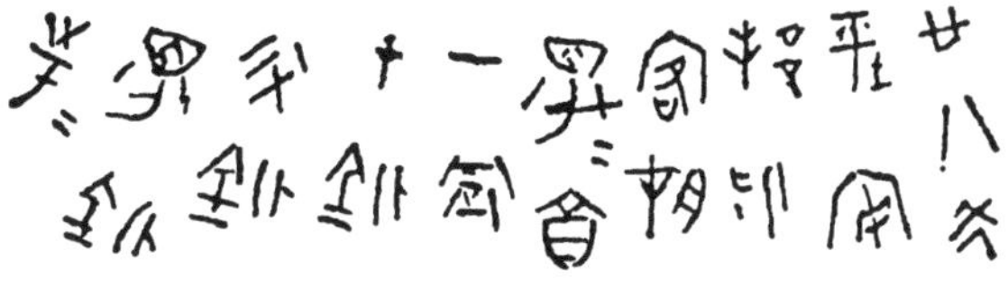

圖十六　平安君鼎蓋部分銘文

廿八年，平安邦司客，載四分齋，一鎰十釿半釿四分釿之重。

（圖十六）

卅三年，單父上官庖宰喜所受平安君者也。

這件鼎是衛嗣君廿八年（西元前二九七年）鑄作的，監造的職官是平安君的司客，鼎的容積相當四分之一齋，蓋重一鎰又十點七五釿；到三十三年（西元前二九二年），交付單父（在今山東曹縣境）地方的庖廚使用。這在格式上已經開啟了秦漢金文的先河。

戰國青銅兵器銘文的格式，與此相似。如魏國的大梁左庫戈：

卅三年，大梁左庫工師丑，冶刃。

作於魏惠王三十三年（西元前三三七年）。燕國的右貫府戈：

二年，右貫府授御戩、右启。

御、右都是戎車上的軍士。秦國的張儀戈：

十三年，相邦義（儀）之造，咸陽工師田，工大人者，工積。

兵器上的地名，多可與戰國貨幣上的地名相比較。比如內蒙發現的一件戈，有銘：

八年，茲氏令吳庶，下庫工師長武。

茲氏地名便見於趙國的尖足布幣。

貨幣也是一項重要的戰國文字材料。當時列國各自鑄造貨幣，用銅鑄的有刀、布、圜錢等，形式、重量各有不同。大體說來，主要的幾個國的貨幣是這樣的：

周：以空首布為主，後鑄有圜錢、方足布。

韓：以方足布為主。

魏：以圓跨布為主，另有方足布、直刀、圜錢。

趙：以尖足布為主，另有尖首刀、直刀、圜錢、方足布和三孔布等。

齊：以齊刀為主，另有圜錢。

燕：以明刀為主，另有尖首刀、圜錢和方足布。

秦：以圜錢為主。

楚：以金版和銅貝為主。

貨幣文字大多異常草率，前人考釋不妥的居多，近些年隨著戰國文字研究的進步，許多字才得到正確解釋。如楚國金版常用的戳記鑿出「郢爯（稱）」、「陳爯（稱）」等字，過去一直讀為「郢爰」、「陳爰」。這個沿襲已久的讀法，在好多新出著作裡還沒有能夠更正。

後世的印章，秦以前通稱為璽，到秦始皇才規定只有天子的印稱璽，所以戰國時期的印都應叫做古璽（圖十七）。

圖十七　「日庚都萃車馬」大璽

古璽的種類相當複雜，主要有官璽、私璽、吉語璽、肖形璽四大類。形制也不像秦漢以下那樣規則有限制，常有種種變化，特別是鈕的形狀變異很多。從材料質地說，除銅以外，用銀、玉、石、骨等等製成的也不少。

官璽有關職官制度，值得專門研究。戰國官璽有沒有統一規定，是有待探討的問題。最多見的有一種印面正方形的白文官璽，如：

文安都司徒，

夏屋都司徒，

庚都右司馬，

平陰都司工（空），

徒口都丞。

其形制尺寸一致，學者多認為是燕國官璽。

私璽雖只有人名，在文字研究上也頗有意義。如這種璽上的姓氏可與文獻對勘，藉以識出新字。複姓「上官」、「公乘」、「邯鄲」、「苦成」、「成公」、「空侗」、「鮮于」、「淳于」、「綦毋」、「馬服」等，多作合文。如果不是姓氏，有的就很難識出。吉語璽多用成語，互相對照也能了解戰國古文的一些奇特變化。「吉」字所从的「士」下面橫筆借用「口」的上筆，成為「古」字形；「昌」字上面的「日」簡為一短橫，成為「𠮚」形；諸如此類，都可稱匪夷所思。

古璽主要用於鈐印封泥，不像後代那樣使用紅色印泥。戰國封泥是少見的文物，有些被誤認為封泥的，其實是陶片。《封泥考略》冠首的一塊，現藏日本東京國立博物館，背面可見用來纏縅書牘的繩痕，確係齊國封泥。

戰國陶文用璽印成的多，刻劃的少。晚清學者陳介祺是第一個收藏陶文的，他已經指出了陶文和古璽的關係。黃賓虹作《陶璽文字合證》，以實例證明兩者的關聯，極有見地。

已發現的陶文，齊國的最多，燕、秦及小國滕、邾的次之。周、三晉、楚的陶文也有零星出土。陶文的體例有些像金文，常見監造者、工匠名字、製作或置用地點等項。燕陶文如：

廿一年八月，右陶尹，佐疾、敀（？）賀，右陶攻（工）湯。

此器作於燕王喜二十一年（西元前二三四年）。齊陶文如：

高閭里人陶者曰汩。

秦陶文如：

咸亭完里丹器。

都只記陶工的名字和籍貫等。

戰國時期的石刻很稀罕。有一種意見，以為著名的石鼓文是戰國時物，但未得學術界公認。最重要的戰國石刻，是在宋代發現的三件詛楚文，屬於秦國，詳見容庚《古石刻零拾》。前些年在河北平山南七汲發現中山國石刻，有兩行十九字，是古文石刻的珍貴實例。

關於戰國文字的簡帛，將在下節介紹。

戰國文字的研究，目前還處在開創的階段，有很多問題尚待深入探討。這是古文字學近年發展最快的一個分支，連續發表了不少有價值的論文。可以期待，在最近一段時期這方面會有新的突破和收穫。

八、紙以前的書籍

造紙是我國古代四大發明之一。目前最早的紙可以追溯到西漢，但當時紙還沒有成為通行的書寫材料。今天我們看到的先秦和秦漢流傳下來的古籍，是後世用紙抄寫或印刷的，不是當時的原貌。那麼在紙普遍應用以前，書籍是用什麼做成的呢？這是一個許多人關心的學術問題。

我們上文已談到甲骨文、金文等等，有一種看法認為這些都是古代的書，商代的人用龜甲牛骨作為書寫材料，周代的人用青銅器作為書寫材料。這種觀點現在相當流行，進入了普及讀物的領域。我剛剛看到的一本新雜誌，便有在甲骨文時代人們用刀刻寫文章一類的話。必須說明，無論甲骨文還是金文，都不能叫做「書」，因為甲骨文只是占卜的記錄，金文只是青銅器的銘文，它們都是附屬於有固定用途的器物的。就像不能把後世的石刻稱為「書」一樣，甲骨文、金文也不屬於書的範疇。

圖十八　甲骨文「冊」字

在甲骨文和金文的時代確實有真正的書存在。《尚書．多士》載周公告誡殷遺民說：「惟爾知，惟殷先人有冊有典，殷革夏命。」可見商代已經有記錄史事的典冊。商周兩代的史官的職務，在於書寫掌管典冊，所以其官名也稱做「作冊」。「作冊」這個詞在武丁卜辭裡就有了。我們看甲骨文的「冊」字（圖十八），像以竹木簡編組成冊之形，相參差的豎筆是一支支的簡，聯貫各簡的橫筆是編冊用的繩。這確切證明，商代已有簡冊，這才是當時的書籍。相信將來會在考古發掘中，看到商代簡冊的實物遺存。

繼簡冊而起的，還有帛書。帛是白色的絲織品，係良好的書寫材料，缺點是價格昂貴，不像竹木那樣易得。《晏子春秋》云齊桓公把狐、穀兩地封給管仲，「著之於帛，申之以策，通之諸侯」。《國語．越語》云：「越王以冊書帛。」看來春秋時期已經有帛書出現了。成語說「書於竹帛」，就是簡冊和帛書並行的反映。

古代簡冊的發現，在歷史上有不少記載。上面我們已經提到過西漢時孔壁中經和西晉時汲冢竹書的發現。類似的小宗發現還有一些，有興趣的讀者可參看舒學〈我國古代竹木簡發現、出土情況〉一文（《文物》西元一九七八年第一期）。近代出土的材料，西元一九四九年前主要是西元一八九九年以來新疆和甘肅敦煌、居延所出木簡，其時代都屬於漢晉。更早的戰國簡、秦簡，只是在西元一九四九年以後才有發現。最早的屬戰國前期，出於湖北隨縣擂鼓墩一號墓。

根據考古工作所得實物，知道簡以竹質的為主，在竹材缺少的情況下用木代替。編簡的繩多數是絲的，沒有絲的地方則用麻繩。古書載孔子讀《易》，「韋編三絕」。用韋即皮條編組的簡，目前還不曾發現。簡上編組的位置，常用刀刻成一個小的缺口，以便繫繩而不滑脫。此外，還有用木板書寫的，稱為「牘」；以木削成棱柱形的，稱為「觚」。所有簡牘，都是用墨筆書寫，沒有刻字的。古人有「漆書」之說，前人已指出「漆」是指墨色黑而有光，並不是用漆寫字。

帛書可能在歷史上也發現過，但缺少明確的記載。西元一九四九年以前在長沙子彈庫盜掘出土了一件戰國時期的楚帛書，有九百餘字，保存基本完整。出土的年代有不同說法，一般認為是西元一九四二年，有的外國學者則以為是西元一九三四年。出帛書的墓西元一九七三年得到發掘，證明是戰國中晚期之際的墓葬。這是迄今發現的最早的帛書實物。西元一九七三年底，在長沙馬王堆三號漢墓發現了大量帛書。帛書原藏在一個長方形漆奩裡，多數折疊成長方形，有的捲在作軸的木板上。帛書上面不僅有墨書文字，有的還有彩繪的圖畫。

下面對近年發現的幾批最重要的簡牘、帛書，分別作一介紹。

已出土的戰國簡，有湖南長沙五里牌、仰天湖、楊家灣，河南信陽長臺關，湖北江陵望山、藤店、天星觀及隨縣擂鼓墩等多批，都是竹簡。大多數是遣策，即隨葬墓中的器物簿籍，還有一些是為病者賽禱占卜的記錄，這些嚴格地說仍不是書籍。只有長臺關出土竹簡中有一組，是真正的一篇書。

這篇竹書是當前我們所能看到的我國最古的原本書籍，極為珍貴，可惜已經殘斷，很難恢復原狀。經精心綴合整理，可以看出這是一篇帶有儒家思想色彩的文章，有「三代」、「周公」、「先王」、「君子」等詞，都是儒書常見的。其中一支簡有這樣的話：

……周公勃然作色曰：狄，夫賤人格上則刑戮至，剛……（圖十九）

有學者發現，《太平御覽》所引《墨子》佚文有：

周公對申徒狄曰：賤人強氣則罰至。

和簡文顯然是近似的。

聽說江陵楚墓最近又有竹書出土，屬於數術一類，尚待發表。

秦簡是這幾年最重要的考古發現之一。竹簡近一千二百支，西元一九七五年底出土於湖北雲夢睡虎地十一號墓。這是歷史上第一次發現秦簡。由簡文可知，墓中死者名喜，在秦始皇時任獄吏，卒於始皇三十年（西元前二一七年）。

這批秦簡大部分保存良好，字跡非常清晰，字體均為秦隸。按《說文》序云：

圖十九
長臺關竹簡

「……秦燒滅經書，滌除舊典，大發吏卒，興戍役，官獄職務繁，初有隸書，以趣約易」，證以睡虎地竹簡，完全符合。結合秦兵器銘文研究證明，隸書的萌芽在秦始皇以前好久即已出現，所以古書說始皇時程邈作隸，大約只是對這種書體進行整理和發展。

睡虎地秦簡經整理後，內容共有十種：〈編年記〉、〈語書〉、〈秦律十八種〉、〈效律〉、〈秦律雜抄〉、〈法律答問〉、〈封診式〉、〈為吏之道〉、〈日書〉甲種和乙種。其中〈語書〉、〈效律〉、〈封診式〉及〈日書〉乙種，是簡上原有的標題。

《編年記》記載秦昭襄王元年（西元前三〇六年）到始皇三十年的大事，兼記墓主的生平，類似後來的年譜。簡文所記，不少地方可以補充和校正《史記·六國年表》，是非常寶貴的史料。

〈語書〉是秦王政（始皇）二十年（西元前二二七年）南郡的郡守騰的一篇文告。內容反映當時南郡人民不改變原來楚國的鄉俗，不遵守秦的法令的情況。

〈秦律十八種〉至〈秦律雜抄〉，是秦的一部分法律。〈法律答問〉對法律的疑難問題作出解釋。〈封診式〉則是治獄的文書程式。秦律久已亡佚，以前程樹德著

《九朝律考》，只能上溯到漢律，對秦律不能作出論列，就是由於缺乏材料的緣故。竹簡秦律的發現，不僅對秦代法律史的研究，而且對整個古代歷史文化的探討都有重大的意義（圖二十）。

〈為吏之道〉是供學吏的人使用的課本。秦人以吏為師，估計喜這個人便是以法律等教授弟子的。〈為吏之道〉有些詞句與《禮記》、《大戴禮記》、《說苑》等相同，還有和《荀子．成相篇》近似的韻文。篇末附抄魏安釐王二十五年（西元前二五二年）頒布的法律兩條，尤為珍異。

〈日書〉兩種是選擇時日吉凶的數術書。甲種用簡的兩面書寫，先讀正面，再翻轉過來接讀背面，在竹簡中是希見的例子。

西元一九七九至八〇年，在四川青川郝家坪出土了一件秦木牘，寫有秦武王二年（西元前三〇九年）命丞相甘茂等修訂的一條〈為田律〉，即關於農田規劃的法

圖二十
睡虎地竹簡秦律

律。這條律文直接涉及土地制度，自然非常重要。木牘的書體，和睡虎地秦簡也相類似。

漢初的簡，應提到長沙馬王堆一號墓和三號墓所出。兩座墓都有非常繁複詳盡的遣策，因為有器物可相比照，對辨識文字有特殊的便利。三號墓有四篇簡書與帛書同出，三篇是竹簡，一篇是木簡，書名是《雜禁方》、《天下至道談》（原有標題）、《十問》、《合陰陽》，係與醫藥有關的佚書。一號墓死者是當時長沙國相利蒼的夫人，三號墓是其子，後者下葬於漢文帝十二年（西元前一六八年）。

年代相近的，有西元一九七七年出土的安徽阜陽雙古堆一號墓竹簡。此墓推斷為汝陰侯夏侯灶墓，他卒於漢文帝十五年（西元前一六五年）。簡包括十幾種書，最重要的是《詩經》和《倉頡篇》，後者的書體是篆書。還有一種書，篇題與河北定縣八角廊西漢晚期竹簡中的《儒家者言》相應，我們認為是《孔子家語》古本。此外，還有數術類《周易》等書籍多種。

這一時期的簡牘，除上述外還有廣西貴縣羅泊灣、湖北雲夢大墳頭、江陵鳳凰山等批，都不是嚴格意義的書籍，在這裡暫不詳述。實際上許多秦漢墓原來都有簡牘，只是不一定能保存罷了。今後考古工作中繼續發現簡牘，不僅是可能，而且應當說是必然的事。

以下再談談帛書。

長沙子彈庫的楚國帛書，文字可分為三篇。兩篇寫在帛的中部，字的書寫方向互相顛倒，我們建議分別稱之為〈四時〉和〈天象〉。另一篇分十二段，環列於帛的四周，附有十二幅圖形，稱為〈月忌〉。

這種書寫方向不一的帛書，在傳世的古代文獻中還有遺跡。例如《管子》有〈幼官〉一篇，下面又有〈幼官圖〉一篇，兩者內容多有重複。郭沫若、許維遹先生的《管子集校》認為「幼官」係「玄宮」之誤，並依篇中所注圖文方位，把圖重新復原了，不難看出正是一件帛書。與子彈庫帛書對比，是很發人深思的。

子彈庫帛書是一種數術性質書籍。〈四時〉論述了四時起源的傳說，〈天象〉敘及彗星、側匿（朔而月見東方）等災異，〈月忌〉則記載十二月的宜忌，均屬陰陽數術的思想觀點。從古文字學的角度看，帛書是楚國古文最完整的長篇，包含的字數最多，有許多字還不能釋定，需要學者進一步努力。

馬王堆帛書經拼綴復原，共二十八件。如果按照《漢書．藝文志》的分類，大體上可分為下面幾類：

屬於六藝的，有《周易》、《喪服圖》、《春秋事語》、《戰國縱橫家書》。

屬於諸子的，有《老子》甲本（附佚書三種）、《黃帝書》和《老子》乙本、《九主圖》，都是道家言。

可劃歸兵書中的兵陰陽類，有《刑德》甲、乙、丙三種。

應劃歸數術的，有《五星占》、《天文氣象占》、《篆書陰陽五行》、《隸書陰陽五行》、《出行占》、《木人占》、《符籙》、《神圖》、《築城圖》、《園寢圖》、《相馬經》。

屬方技中的醫書等類的，有《五十二病方》（附佚書四種）、《胎產書》、《養生方》、《雜療方》、《導引圖》。

另外有兩種地圖，即〈長沙國南部圖〉和〈駐軍圖〉。

由於帛書的整理尚未完竣，上述各件的標題以及書的分類，不少是暫定的，要等到正式發表才能確定。

馬王堆帛書極其豐富多采，可以說是當時南方的一處圖書寶庫。這樣繁多的材料，需要學術界進行多年的反覆研究，才能充分估計其重大意義。

從內容、字體、避諱等方面考察，帛書的抄寫時間最早的是戰國末年，最晚的遲到文帝初期。帛書的字體有的基本上是篆書，有的是早期的隸書，比較全面地反映了由小篆到漢隸的發展過程，因而在文字研究上有突出的價值。

最有趣味的是帛書中最早的一件，暫名為《篆書陰陽五行》。這卷帛書許多字保留著楚國「古文」的寫法，它大概是一位不習慣秦人字體的楚人抄寫的。例如其中的一節，有幾處「左」字，先是寫作「㞣」，是古文「左」字，後面又寫作「左」，是秦的「左」字。同節的「戰」字，先寫作「戰」，是古文，下面又改作「戰」，是秦字。這件帛書對我們研究戰國到漢初文字的變化，是難得的寶貴材料。

漢武帝時期以下，簡牘的發現還有很多，帛書也有零星的發現。直到南北朝時，簡帛才被紙全面代替。本書所敘僅到武帝以前，所以較晚的材料只得從略。

九、「小學」的寶藏

過去的學者常把文字的研究叫做「小學」。按照他們的說法，古文字學也可劃歸「小學」一類。這個名詞的來源是《漢書・藝文志》，志文以《書》、《詩》、《禮》、《樂》、《春秋》、《論語》、《孝經》等經籍列入六藝，而在六藝之末有「小學」十家三十五篇。根據《藝文志》的解釋，古人幼年入小學，就要學習文字，所以把教學童文字的書籍稱為「小學」。我們看志中所舉有周宣王時太史籀的《史籀》十五篇、秦代李斯等人所作《倉頡篇》、漢代司馬相如的《凡將篇》、史游的《急就篇》、李長的《元尚篇》、揚雄的《訓纂篇》等，確實是學字的課本。由此引申，凡研究文字的書就都稱為「小學」，其實有不少是相當高深的，不是學童所能理解。

「小學」即傳統文字學的著作數量很多，特別是清代名家輩出，有深厚的積累。清人謝啟昆編有《小學考》，詳記了歷代「小學」書籍的目錄，可供檢查之需。這一類書籍蘊含了許多學者苦心研索的成果，可以說是一處宏大豐富的寶藏，我們今天研究古文字時不能予以忽視。

在傳統文字學各門類中，《說文》學發展得最充分，和古文字學的關係也最密切。《說文解字》的作者許慎，在當時號稱「五經無雙」，其書著成於東漢和帝永元十二年（西元一〇〇年），經其子許沖於安帝建光元年（西元一二一年）獻到朝廷，從此流行於世。許慎是著名古文經師賈逵的弟子，繼承了古文學派重視文字訓詁的傳統，因而《說文》一書博大精深，有很高價值。

《說文》學到清代臻於極盛，有些終生鑽研《說文》的學者對這部書尊崇過度，甚至認為一絲一毫都不許移易，簡直將許慎當作聖人看待。有學者推尚《說文》，以致對新發現的甲骨文加以排斥，並且說金文大多是假造的，更是極端的事例。從今天古文字學的水平來看，《說文》當然存在不少錯誤，並不是神聖不可侵犯的。

現代的古文字學之所以超過傳統的《說文》學，主要在於根據出土的古文字材料，這是過去講《說文》的學者所不及見的。西元一九二〇年林義光作《文源》，批評《說文》說：

> 顧許氏敘篆文，合古籀，而取古文由壁中書及郡國所得鼎彝。時未有槧書之業、拓墨之術，壁經、彝器傳習蓋寡，即許君睹記，亦不能無失其真，故於古籀造字之原多闕不論，但就秦篆立說，而遂多不可通。既識俗儒鄙夫以秦之隸書為倉頡時書，乃猥曰馬頭人為長，人持十為斗，而自為書亦適以《周官》之六書說省改之小篆，庸渠愈乎？

許慎反對當時一些人以隸書論文字本源，這是正確的，但他自己限於客觀條件，不得不以秦篆去講造字之本，這是《說文》的侷限性。

清末的學者已經充分覺察到《說文》的這種缺點，逐漸跳出許學的框架。吳大澂編《說文古籀補》，從書題看是補《說文》所收古文、籀文，而序中指斥「有許書所引之古籀不類《周禮》六書者，有古器習見之形體不載於《說文》者」，認為是許慎「不獲見古籀真跡」。對《說文》的這種認識，奠立了古文字學的基礎。

當然，揭示《說文》的缺點和侷限，不等於要摒棄《說文》。古代文字是一脈相承的，即使是《說文》中的篆字，也還保留著上代文字結體的遺跡。程樹德著有

《說文稽古編》，純據《說文》來探究古代社會風俗、名物制度，頗有收穫。楊樹達《積微居金文說》卷首有〈新識字之由來〉一篇，介紹他研究金文的經驗，第一條就是「據《說文》釋字」。他列舉所釋魯伯俞父簠「壬」字、叔噩父簋「鶩」字、隼叔匜「隼」字、杞子每刅甗「刅」字等等，說明：「從來考釋彝銘者莫不根據許氏《說文》以探索古文。余今所業，除少數文字根據甲文銘文外，大抵皆據《說文》也。」我們研究古文字要超過《說文》，但不能離開《說文》和《說文》學的成果，因為《說文》是文字研究的出發點。

有些學者學《說文》，把時間精力都貫注在摹寫記憶篆字上，這恐怕是很不夠的。只記字形而不理解《說文》所蘊含的理論體例，勢必事倍功半。

讀《說文》不宜只讀本文，如近年中華書局影印的一篆一行本，因為原書簡古，又經過長時期傳寫刊刻，不免有錯訛奪失之處。例如書中竟沒有「由」字，恐怕就是傳本的遺脫，有些學者想出種種辦法來辯護，都不合情理。清代最好的《說文》注本，公推段玉裁的《說文解字注》。王念孫為此書作序，說：「蓋千七百年來無此作矣」，也不能算是過譽。看段氏的注文，對不少字的推斷後來得到古文字材料的證實，可見他的功夫很深，能與客觀事實相符合。段氏的缺點是有時自信過甚，有強改古書之處，以致受到部分學者的反駁。不過總的說來，段注還是瑕不掩瑜。

還有一些著作，能夠幫助我們閱讀段注。例如徐灝的《說文解字注箋》，對段氏學說不少方面有補充發揮，頗有功績。

桂馥、朱駿聲、王筠三人與段玉裁合稱為清代《說文》學的四大家。桂馥的代表作是《說文解字義證》，博採群書訓詁來印證《說文》。朱駿聲的《說文通訓定聲》，本書第二節曾有介紹。朱氏有些想法很怪，如對尸部某些字的解釋，想入非非，絕不可信，讀者須加分辨。王筠所著主要是《說文釋例》和《說文句讀》。《句讀》一書能綜合前人學說，文章簡明，由於時間限制不能通讀段注的可讀此書。

西元一九四九年前丁福保編纂的《說文解字詁林》，旨在網羅眾說，將各家有關《說文》的論著匯集起來，裱貼影印。我們想了解某字各家的學說，查閱《詁林》，就不必再翻檢許多書籍。這部書附有專冊的通檢，依部首編排，使用比較便利。不過這部書卷帙浩繁，只能用以檢查，不適於閱讀之用。足本的《詁林》有〈補遺〉，還有〈說文鑰〉，後者是丁氏本人的著作，也可稱一家之言。

我們從傳統文字學不僅可以擷取關於文字研究的具體知識，還可借用一些方法。這便不限於《說文》學，其他「小學」書也多有可資借鏡之處。有興趣的讀者，可先看一下王念孫《廣雅疏證》、郝懿行《爾雅義疏》、楊樹達《詞詮》等書。

古文字學者怎樣具體運用《說文》以及「小學」著作中的精華，在很多論著裡都能找到範例。下面試舉于省吾先生《甲骨文字釋林》書中〈釋𦣞〉一篇，作為例證。

這篇論文先引用《說文》對《𦣞》字的訓釋：

𦣞，顄也，象形。頤，篆文𦣞，从頁。𩠐，籀文𦣞，从首。

「顄」即「頷」字，許慎認為「𦣞」字本義是人體部位的頷，並說明是象形字。「𦣞」怎麼像頷的形狀呢？王筠在《說文句讀》中作了解釋：

《淮南子》「靨輔在頰則好，在顙則醜。」高注：「靨輔，頰上窪也，𦣞之外像頤，中一筆像窪。」

在《說文釋例》中他又說：

𦣝當作，左之圓者頤也，右之突者頰旁之高起者也，中一筆則𦣝上之紋，狀如新月，俗呼為酒窩。

按照王氏之說，「𦣝」是腮上有酒渦的象形。于省吾先生指出，許慎和王筠的說法都是不對的。商代甲骨文和金文都有从「𦣝」的字，「𦣝」的形狀並不像頷部，而像梳篦之形。篇中引用下列文獻材料：

《說文》：「笸，取𦣝比也，从竹𦣝聲。」

《廣雅．釋器》：「笸，櫛也。」

《說文》：「櫛，梳比之總名也。」

《史記．匈奴傳》索隱引《倉頡篇》：「靡者為比，粗者為梳。」

「比」即「篦」。齒疏的叫做梳，密的叫做篦，而笸就是密齒可用來梳除蟣虱的篦子。于氏又引了羅振玉《殷墟古器物圖錄》著錄的一件骨制梳篦，形制與商代「𢀳」字相仿。最後，這篇論文的結論是：

要之，以古文字古器物證之，知「𢀳」本象梳比之形。古文字有「𢀳」無「梳」，則梳乃後起分別之名。後世之𢀳，以竹為之，故《說文》作「笸」。許書說「𢀳」雖有失其朔，但存「笸」之古訓，猶為可貴。

這一論斷確實勝過《說文》，假設許慎能起於地下，恐怕也是要心服的。

十、方法與戒律

怎樣研究古文字，是一個很不易講的問題。前輩古文字學家取得許多成績，但各有所側重，其方法不盡相同，很難一概而論。下面試談幾點，也只能是略舉其例。

前面已經討論過文字的形、音、義，考釋古文字，必須兼顧形、音、義三者。楊樹達先生在《積微居金文說》自序中介紹他研究金文的經驗，說：「每釋一器，首求字形之無牾，終期文義之大安，初因字以求義，繼復因義而定字。義有不合，則活用其字形，借助於文法，乞靈於聲韻，以假讀通之。」這一段話把古文字研究中形、音、義三者的關係很好地概括出來了。

考釋古文字，第一步是要正確辨識字的形體。形體不能辨明，自然談不到字的音、義，很多古文字研究中的錯誤，都是由於誤識了字的形體造成的。辨識形體的基本方法在於分析字的結構，與已知的字作對比。前人常把這種方法稱做偏旁分析法，但有的字不能分為偏旁，所以叫做形體分析法也許更合適一些。

所謂與已知的字對比，首先是與《說文》所載字形相比較。《說文》提供了關於文字結構的系統知識，是我們探討古文字的出發點。古文字有的結構與《說文》裡對應的字完全一致，容易辨識，有的則有些變異，需要根據文字結構的規律加以分析。例如青銅器師酉簋有一個字，下部似乎从「門」，但如从「門」即不可識。孫詒讓認為此字从「片」从「禾」，下從「亩」省，實為「牆」字。這個字在師酉簋銘是史名，近年在陝西周原果然發現有史牆一家的成批器物，看來孫氏釋「牆」是對的。

其次還要和其他已識出的古文字對比，比如甲骨文中新見的字可與金文的字對比，陶文上的字可與璽印對比，等等。時代接近的，地區相同的，文字的結構每每更為相似。還要注意到，例如鳥書這種帶美術性質的文字，其中有些部分只是裝飾，並不屬於字本身的結構，在分析時不要忘記把它們區分開來。

形體分析並不是容易的事。古文字變化極其繁多，有的字的釋讀，很久以來大家都公認了，由於近年有可資對比的新材料發現，才知道過去的說法是不妥當的。例如，散氏盤是學古文字的人都熟悉的，銘文屢次出現「眉」字。晚清以來，學者都這樣解釋，或解釋為水湄，或解釋為堳垺，還有以為田名的。前幾年出土了兩件裘衛鼎（《陝西出土商周青銅器（一）》一七三、一七四），銘中有「履」字，相比較才知道散氏盤的「眉」其實也是「履」字。釋「履」，銘內下列各句便都能讀通：

履，自瀗涉，以南至於大沽，一封。
履井邑田，自根木道左至於井邑封道，以東一封。
矢人有司履田：鮮且、……
正履矢舍散田：司徒逆寅、……

「履」字訓為「步」。古代田地是以「步」為長度單位的，六尺為一步，長百步、寬一步為一畝，長寬各百步為百畝，即一夫之田。這裡「履」作動詞用，是度量的意思。這顯然比釋「眉」要準確了。

在考釋時，我們常將古文字按照其原有結構寫成現在的字體，這叫做「隸定」。「隸定」這個詞出於傳為西漢孔安國所撰的〈尚書序〉，序中提到他得到孔壁發現的古文典籍，因為當時人已不能識讀古文，便根據漢初伏生傳流的《尚書》來考定新出簡書，「定其可知者，為隸古定」。孔安國把古文《尚書》轉寫為西漢流行的隸書，這在一定意義上和我們釋讀古文字是一樣的。當然，只把古文字「隸定」下來，在考釋工作僅是一半，必須進一步研究，指出它究竟相當後世什麼字，將形、音、義都弄清楚。

指出一個古文字相當後世某字，應當盡可能說明其間的聯繫，也就是該字自古至今形體演變的脈絡。這種演變次第的闡明，可以揭示文字結構發展的規律，對文字學有重要意義。讀者如有興趣，不妨讀一下《積微居金文說》所附〈餘說〉卷首的自序。討論字的演變，不限於形體結構，也可以推而廣之，包括音和義的演變。

釋出一個字之後，不要忘記把它放回原在文句裡面，看看能不能上下貫通。這是對讀釋正確與否的最好考驗。考釋古文字，忌諱僅僅翻看《甲骨文編》、《金文編》一類書，看見一兩個形體特殊的字便孤立地加以解釋。這樣做，很難顧及原有的上下文義，所釋常不可靠，這正是由於沒有做到楊樹達先生所說「初因字以求義，繼復因義而定字」的緣故。真能把字釋對了，上下讀起來一定是通暢的。如果放進所釋的字，反覆解釋仍然迂曲難通，這個字的釋讀就需要重新考慮。

古文字有很多假借字，甚至有些常用的字也以音近的字代替，增加了考釋的困難。如長沙馬王堆三號漢墓竹簡有「曳之人也」一句，考釋時反覆審視，「曳」字沒有問題，但從訓詁說絕不可通。想了好久才悟出「曳」應該讀為「世」字，因為「洩」、「絏」、「拽」可作「泄」、「紲」，「抴」。金文也不乏類似的例子，如《說文》「殂」字或作「殅」，所以朝歌鐘銘「朝歌下官鋧半鍾」的「鋧」字，𡔞戈銘「曾仲之孫𡔞叡用戈」的「叡」字都應讀為「作」。不過，我們談通假的時候要謹慎，一定要切合古音的規則，最好能搜集較多的證據，不可任意立說。

研究古文字，最困難的是探索一個字的「本義」。現在能接觸到的古文字，大多數是已經過長時期發展的，想通過這些文字的結構認識古人創造時的意念，殊非易事。比如常見的「我」字，從形體看顯然是有柄的兵器象形，但文獻沒有兵器名「我」的，也不知道兵器名為什麼轉用為代名詞的「我」。這一類問題的解決，只有等待地下更多材料的發現。

古文字學是一門邊緣學科，因此研究古文字除運用語言文字學的方法外，還要注意應用文獻學、考古學等方面的方法，才能取得更好的成果。

在古文字學領域裡有所成就的學者，無不精通古代文獻。事實上，不少名家正是以文獻研究的功力移用於古文字研究。我國古代有許多典籍流傳至今，其著作時代和古文字材料是同時的。這些文獻通過歷代數以千計的學者鑽研注釋，有很多內容在研究古文字時應當吸取參考。可以說，沒有在古代文獻方面的相當修養，就不可能在古文字學上有真正的成就。

文獻典籍數量浩繁，建議結合要著手研究的古文字的時代、性質，選擇必要的先讀。假設研究西周金文，應與《尚書．周書》各篇和《詩經》雅、頌有關部分對比。這些文獻的年代和金文是相當的，讀來必可有所收穫。讀文獻，要用新的較好的注釋本，不要直接讀白文，也不要限於古注。

就古文字學界的現狀看，強調與考古學的聯繫，在研究中盡量利用考古學提供的方法和成果，是有益的。郭沫若先生是這方面的一位先驅，他對毛公鼎的研究可作為很好的例子。前面曾提到，毛公鼎有銘文三十二行，四百九十七字，在金文中是最長的。鼎發現後，不少人認為銘文氣象渾樸，推測為周成王時器。郭老對鼎的形制花紋作了仔細研究，與幾件西周晚期的鼎進行比較，論證了毛公鼎屬於晚期，不可能早到周初。此後，雖有個別學者著論反對，仍不能推翻這一定論。這說明，研究銘文不能單憑文字，還應與器物本身的考察結合起來，才能達到可信的結論。

前面曾經講到甲骨學上的所謂「文武丁卜辭」問題，這在四十年代以來的甲骨學界是爭論最熱烈的一個焦點。這個問題，現在在大多數學者間已經沒有爭議了，大家同意它們不是文武丁時代而是武丁時代的。最有力的理由之一，就是這一類甲骨在考古學的層位上屬於殷墟早期而不是晚期。

過去出版的某些古文字書籍，不適於結合考古學的方法開展研究。如金文書只有銘文拓本或摹本，沒有器形照片、沒有尺寸、重量等描述，發現情形也很少記載。實際宋代的著錄，如著名的呂大臨《考古圖》，體例已較完善，後來有的書反而不如。陶文、璽印等文物的著錄同樣有這種缺點。璽印只有印面文字的鈐本，沒有鈕制和尺寸的說明；陶文只拓出文字，看不出陶片的形狀，花紋。這一類書附有器物照片的，可謂鳳毛麟角。造成這種現象的原因，是當時的學者偏重文字，在研究上有所侷限。今天的古文字學和以往的金石學的差別，正表現在這裡。

總之，正因為古文字學與幾種學科有密切聯繫，要求學古文字學的人有廣泛的知識基礎和訓練，才能左右逢源，應付裕如。我們的院校目前沒有專門的古文字學專業，讀歷史、考古、中文的同學，要進修古文字學，都必須逐步擴大自己的知識面。古文字學是一門比較艱深的學科，學起來不易，研究而有確實的進展更難，但任何科學都是可以學好的。古語說：「功在不舍，鍥而舍之，朽木不折；鍥而不舍，金石可鏤。」只要有「鍥而不舍」的精神，古文字學不僅可以學好，在研究上也一定會開創新的局面。

在講了學習研究古文字應該怎樣做之後，還需要談一談不應該怎樣做。三十年代，唐蘭先生在北京大學講授古文字學，針對當時個別人的不良學風，為古文字研究設了六條戒律，錄於他的講義《古文字學導論》內。這六條戒律概括了過去不少人失敗的教訓，痛下針砭，殊足寶貴。唐蘭先生精研古文字學幾十年，為學術界所尊敬，他這六條戒律是大家應當共同遵循的，所以我們把原文抄錄在下面：

㈠戒硬充內行：凡學有專門。有一等人專喜玩票式的來幹一下，學不到三兩個月，就自謂全知全能，便可著書立說。又有一等人，自己喜歡涉獵，一無專長，但最不佩服專家，常想用十天半月東翻西檢的工夫做一兩篇論文來壓倒一切的專家。這種做學問，決不會有所成就。

㈡戒廢棄根本：……研究古文字必須有種種基礎知識，並且還要不斷地研究，尤其要緊的是文字學和古器物銘學。有些人除了認識若干文字，記誦一些前人的陳說外，便束書不觀，這是不會有進步的。

㈢戒任意猜測：有些人沒有認清文字的筆畫，有些人沒有根據精確的材料，有些人不講求方法，有些人不顧歷史，他們先有了主觀的見解，隨便找些材料來附會，這種研究一定要失敗的。

㈣戒苟且浮躁：有些人拿住問題，就要明白。因為不能完全明白，就不惜穿鑿附會。因為穿鑿得似乎可通，就自覺新奇可喜。因新奇可喜，就照樣去解決別的問題。久而久之，就構成一個系統。外面望去，雖似七寶樓臺，實在卻是空中樓閣。最初，有些假設，連自己也不敢相信，後來成了系統，就居之不疑。這種研究是愈學愈糊塗。

㈤戒偏守固執：有些人從一個問題的討論，牽涉到別的問題，因而發生些見解，這種見解本不一定可靠，但他們卻守住了不再容納別說。有些人死守住前人成說，有些（人）回護自己舊說的短處。這種成見，可以阻止學問的進步。

㈥戒駁雜糾纏：有些人用一種方法，不能徹底，有時精密，有時疏闊，這是駁雜。有些人缺乏系統知識，常覺無處入手，研究一個問題時，常兼採各種說法，連自己也沒明瞭，這是糾纏。這種雖是較小的毛病，也應該力求擺脫。

這一番話真是語重心長，值得我們每一個人反覆吟味。

十一、最低限度書目

古文字學發展到現在，各種著作已經相當浩繁，不可能在短時間內全部瀏覽。有些書雖很重要，但內容深博，不一定適於初學。為學習這一學科的朋友著想，需要開一張最低限度的書單，建議大家從什麼地方下手。不過既然是最低限度，難免掛一漏萬，選擇失當，只能供學習者參考。

通論古文字的書，目前還沒有適宜的新作。唐蘭先生的《古文字學導論》成書於西元一九三五年，是在北京大學授課的講義，當時印數很少，早已絕版。西元一九八一年由齊魯書社影印，並將作者的改訂稿附入，成為更完善的版本。這部書論述系統精當，文體用流暢的白話，便於初學閱讀。唐蘭先生後來又寫了《中國文字學》，有西元一九四九年開明書店版，西元一九七九年經上海古籍出版社重印，可與《導論》一書參看。

高明先生為北京大學歷史系考古專業講授古文字學有年，編有《古文字學講義》，流行甚廣。《講義》內的字表部分已擴大改編寫《古文字類編》出版，我們希望其餘部分也能早日增訂，正式印行。

四川大學在徐仲舒先生指導下編有《漢語古文字字形表》一書。《字形表》和高明先生的《類編》都將甲骨、金文和戰國文字分列三欄，使字形演變一目瞭然。兩書互有異同，《類編》後面還有「合體文字」和「徽號文字」，讀者最好兼備。

書目過去有容媛的《金石書錄目》。西元一九四九年初作者編了《金石書錄目補編》，刊於《考古通訊》一九五五年第三期。建國以來到西元一九六六年為止的論著，可查中國社會科學院考古研究所圖書資料室編《中國考古學文獻目錄》。

郭沫若先生主編的《甲骨文合集》是殷墟甲骨集大成的著錄，經過多年的努力，圖版十三本已經出齊了。《合集》再加上最近印行的《小屯南地甲骨》，可以說基本上包括了所有重要材料，為甲骨學的進展提供了前所未有的條件。

要了解從甲骨發現到五十年代前這一段時間甲骨學的成果，胡厚宣先生的《甲骨文發現五十年的總結》和《殷墟發掘》作了很好的總結。後一部書詳細敘述了西元一九四九年前發掘殷墟的經過，有許多與甲骨研究有關的內容。西元一九四九年以後這方面的新進展，可看王宇信先生《建國以來甲骨文研究》一書。胡厚宣先生還編有《甲骨學五十年論著目》，將西元一九四九年前的有關著作網羅無遺。《古文字研究》第一輯收載的《甲骨學論著目錄，西元一九四九——一九七九年》，係蕭楠所編，可視為胡氏《論著目》的續編。

綜合論述甲骨的專著，至今仍推陳夢家先生於西元一九五六年出版的《殷墟卜辭綜述》。此書所附〈甲骨論著簡目〉，經過一定選擇，便於學者。甲骨學的辭典，有孟世凱先生最近編成的，即由辭書出版社印行。

甲骨文的字典，可用正續《甲骨文編》。文字的集釋，有李孝定《殷墟文字集釋》。續《文編》和《集釋》是在臺灣省出版的。日本島邦男所編《殷墟卜辭綜類》，在字詞下抄寫卜辭原文，起索引的作用，檢索也很方便。

學習甲骨文，應先讀有較詳考釋的書，最方便的是郭沫若先生《卜辭通纂》。此書原印於日本，流傳有限，聽說近期可出新版，並調換部分拓本，一定會博得廣大讀者歡迎。如一時找不到《通纂》，可用郭老另一部著作《殷契萃編》代替。

西周甲骨材料比較零散。占主要地位的岐山鳳雛的卜甲，已有摹本發表，見《四川大學學報叢刊》第十輯《古文字研究論文集》所載陳全方〈陝西岐山鳳雛村西周甲骨文概論〉。

學金文，要首先讀郭沫若先生《兩周金文辭大系》。這部巨著也是在日本印行的，不過早已有了國內新版，容易讀到。通論青銅器各方面的，有容庚先生《商周彝器通考》。作為《通考》的修訂本，有容氏與張維持合編的《殷周青銅器通論》，但圖版不如《通考》多。馬承源先生近著《中國古代青銅器》，論述簡明，很值得閱讀。

羅振玉《三代吉金文存》是現有搜羅最富的金文拓本集，次之有劉體智《小校經閣金文拓本》、鄒安《周金文存》等。日本林巳奈夫作《三代吉金文存器影參考目錄》，注出《三代》各器有器形可查的見於哪些書籍，並有《三代》、《小校》兩書的對照表。補充《三代》未收材料的，有于省吾先生的《商周金文錄遺》，另外在臺灣還出有周法高《三代吉金文存補》。這些書都沒有包括北宋至清著錄而近代沒有拓本的材料。關於後者，請參看容庚先生〈宋代吉金書籍述評〉(《學術研究》西元一九六三年第六期)和〈清代吉金書籍述評〉(同上西元一九六二年第二期)。還有一些流傳到海外的材料，可參看張維持先生〈評中國青銅器外文著述〉(《中山大學學報》西元一九六五年第三期)。澳大利亞國立大學巴納、張光裕二氏合編

《中日歐美澳紐所見所拓所摹金文匯編》搜集豐富，但該書體例兼收偽器，讀者須加判別。

檢索一件器物的著錄情況，可用孫稚雛先生編的《金文著錄簡目》。金文的字典有容庚先生的《金文編》，讀者應使用西元一九四九年後的增訂本。這部書只收先秦文字，容氏另有《金文續編》，則專收秦漢文字，與其《秦漢金文錄》相配合。金文的文字集釋，有周法高《金文詁林》。青銅器方面的辭典，已出版的有杜迺松先生《中國古代青銅器小辭典》。

通釋金文的著作，除上舉《大系》外，可讀楊樹達先生《積微居金文說》、于省吾先生《雙劍誃吉金文選》及陳夢家先生的〈西周銅器斷代〉（《考古學報》西元一九五五至五六年連載）。日本學者白川靜有《金文通釋》，卷帙繁多，目前尚在續出，但國內較難讀到。

關於戰國文字的通論有李學勤〈戰國題銘概述〉（《文物》西元一九五九年第七至九期連載），但已經過時。現在還沒有通論這方面新成就的專著。

貨幣的材料，丁福保《古錢大辭典》所錄甚豐，書中還詳細介紹有關著述，用起來很方便。美國邱文明的《中國古今泉幣辭典》，收輯材料更多，已出版了一至六卷。戰國貨幣文字的字典，有商承祚、王貴忱二氏的《貨幣文編》。

古璽的專門譜錄，以往以方清霖《周秦古璽精華》為最好。最近故宮博物院羅福頤先生等編輯的《古璽匯編》已經出版，共收五七〇八鈕，遠過前人。同作者還編了古璽的字典《古璽文編》，與《匯編》互為表裡。古璽的通論，可看羅福頤先生《古璽印概論》一書。

李學勤〈山東陶文的發現和著錄〉(《齊魯學刊》西元一九八二年第五期)概述了陶文的著錄情形。陶文拓本以《簠齋藏陶》最為宏富，可惜迄今未能刊行。正式出版的材料，最好的是周進藏品的著錄《季木藏陶》。陶文字典有顧廷龍氏《古陶文舂錄》；近年金祥恆有《陶文編》，出版於臺灣。

如參考前代關於古文的書，有關《說文》古文可看舒連景《說文古文疏證》，有關三體石經可看孫海波《魏三字石經集錄》。《汗簡》用《四部叢刊》影印本，同時宜參看夏竦《古文四聲韻》，後者有羅振玉石印清一隅草堂刊本。《汗簡》和《古文四聲韻》兩書已有學者整理，最近可望印行新版。

戰國時期的長沙子彈庫帛書，久已流入美國，現存紐約大都會博物館。西元一九六四年，商承祚先生在《文物》該年第九期刊布了帛書照片。後來，巴納所著

《楚帛書研究》第二部分〈譯注〉所附照片更為清晰。戰國的竹簡，已有學者整理注釋，相信不久即可印行，當前還只能查閱有關考古報告和圖錄。

雲夢睡虎地秦簡整理工作已完。西元一九七八年出版的平裝注釋本《睡虎地秦墓竹簡》，包括十種簡中的八種。隨後發掘報告《雲夢睡虎地秦墓》發表了全部照片和釋文，但沒有注釋。秦簡整理的整個成果，將印行為《睡虎地秦墓竹簡》精裝本，包括所有照片、釋文、注釋，供大家研究。

長沙馬王堆帛書計劃共出六函，已出版了第一函和第三函，前者還出了精裝本。帛書的整理工作尚在進行，第四函很快可以問世。臨沂銀雀山竹簡共三函，已出版一函。

有關簡牘的論著目錄，有日本學者大庭脩〈中國出土簡牘研究文獻目錄〉所收文獻的下限是西元一九七八年底。這份目錄已有學者譯出，發表於《簡牘研究譯叢》第一輯。

以上臚列的只是一些基本的論著和材料書、工具書，供學習古文字學的學者們抉擇。有些很重要的著作，例如王國維《觀堂集林》這樣有極大影響的書，也未能列入。好在我們已提到若干文獻目錄，願意深入探究的學者可據以檢讀。有些書一時看不到，也不要緊，可以從目錄中找性質類似的書代替。至於各種著作的觀點互相不同，這就需要我們善於比較判別了。

十二、十五個課題

當前古文字學正在不斷發展，每一年都有不少有相當質量的論著出現，各個分支的關鍵問題大多得到學者反覆研求討論。一些在五十年代還被視為不解之謎的疑難，現在有了一定的解答；同時又有許多新的謎團提了出來，甚至多年來被認為已經解決的問題，由於新材料的發現又重新變成爭論的焦點。和其他一切科學一樣，沒有大膽的懷疑和激烈的辯難，就不能期待學科的進步。

儘管經過了幾代學者的努力，古文字學領域內擺在我們面前的課題還是很多的。有好多基礎性的工作，限於時間和人力，還沒有來得及去做。這裡列舉的古文字學的幾個課題，遠遠不是全面的，只是根據目前學術界的研究狀況試選的例子而已。如果能引起讀者進行探索的興趣，我們的目的便達到了。

㈠首先應該提到大汶口文化陶器符號的問題。前文已經介紹過，這種陶器符號的發現，為中國文字起源的研究帶來新的希望。我們期待著考古工作提供這方面更多的材料，現已獲得的材料能早日整理公布，以便有更多學者討論分析。

良渚文化玉器也有類似符號，可惜都不是發掘品。相信不久的將來，在有關地區的發掘中會得到更多例證。這對探索文字起源也許是很重要的關鍵。

㈡在甲骨文的研究方面，根據實物的觀察，結合文獻去揭示卜辭的文例，是一項迫切需要的工作。我們今天還不完全了解各版甲骨上卜辭的讀法以及各辭間的有機聯繫。要想了解，必須從認識當時的卜法入手。陳夢家先生曾有見及此，他的《殷墟卜辭綜述》原計畫有文例的專章，可惜未能實現。

卜辭不少字的釋讀也和文例有關，如最常見的「貞」字，一般依《說文》訓為問，近年海外學者提出疑問，尚在討論中。「貞」假如不當問講，貞辭就不一定是問句了，這對卜辭的理解將有根本的改變。這只是一個例子，類似值得探討的問題還有許多。

㈢甲骨文分期的研究，目前討論非常熱烈。殷墟甲骨有沒有盤庚、小辛、小乙三王的卜辭？有沒有帝辛的卜辭？都需要深入探索。前面談到過，近年有學者對董作賓氏的五期分法提出種種不同意見，這對分期研究的進展無疑是有益的。五十年代反覆爭論的「文武丁卜辭」問題，大體上已經取得比較一致的意見，維護原說的學者已很少見。繼之而起的，是「歷組卜辭」的問題，提出新說的論文有：李學勤〈論「婦好」墓的年代及有關問題〉（《文物》西元一九七七年第十一期）和〈小屯南地甲骨與甲骨分期〉（《文物》西元一九八一年第五期）、裘錫圭〈論「歷組卜辭」的時代〉（《古文字研究》第六輯）、林澐〈小屯南地發掘與殷墟甲骨斷代〉（《古文字研究》第九輯）、李先登〈關於小屯南地甲骨分期的一點意見〉（中國古文字研究會第四屆年會論文）、彭裕商〈也論歷組卜辭的時代〉（《四川大學學報》西元一九八三年第一期）等；不同意新說的有：蕭楠〈論武乙、文丁卜辭〉（古文字研究第三輯）和〈再論武乙、文丁卜辭〉（《古文字研究》第九輯）、張永山、羅琨〈論歷組卜辭的年代〉（《古文字研究》第三輯）、謝齊〈試論歷組卜辭的分期〉（《甲骨探史錄》）等。

分期問題的解決，直接關係到卜辭材料的運用，因而對商代歷史文化的研究有很大影響。當前有不少學者致力於這個問題，不是偶然的。

㈣甲骨的綴合和排譜，也是整理工作不可缺少的環節，現在還有許多事情可做。

以《殷墟文字乙編》著錄的YH一二七坑龜甲為例，這批卜甲在坑中本來是完整的，經過《殷墟文字綴合》、《殷墟文字丙編》和《甲骨文合集》的工作，業已綴合了許多版，但肯定還有相當數量碎片能夠拼綴，值得進一步努力。

排譜就是把零碎分散的卜辭，根據干支和內容集中排列起來。這種工作，有學者曾小規模試做過，已有不小的收穫。現在《甲骨文合集》出版了，有條件進行分組分期的排譜，盡可能把互相關聯的材料聯繫成譜，這樣就可以更完整地了解卜辭所反映的史事。上面所說的YH一二七坑卜甲，在盡量拼合以後便可用排譜的方法整理，同時再把坑外有關聯的甲骨補充進去，這是極有價值而又不難完成的工作。

祭祀和戰爭兩類卜辭，尤其適合用排譜法整理。現已證明，祭祀卜辭所體現的殷禮是相當繁縟複雜的，只是由於殘碎零散，我們對當時的典禮儀注所知甚鮮。戰爭卜辭也是因散碎之故，很難了解其因果、過程以及地理背景等。通過排譜，可以在一定程度上解決這種問題。

(五)商代曆法的研究，很需要開展。四十年代董作賓氏的《殷曆譜》享有盛名，但有些論點未得到學術界的普遍承認。比如置閏，甲骨文記有閏月是公認的事實，但是有沒有歲中置閏便值得考慮。唯一的證據是徵人方卜辭，從干支看似應有閏九月，然而又找不到肯定屬於該月的卜辭。至於西周，則有明確材料說明是歲末置閏。《殷曆譜》是從排譜著手的，今後研究甲骨文的曆法，也應以排譜為基礎，而且要謹慎從事，排除實際不相聯屬的卜辭。

(六)卜辭地理的研究，應該從頭做起，對過去的成果要重新加以審核。原因是，長時間以來大家對商代地理的觀念，基本上限於黃河中下游一帶，認為商人活動所及不過如此。近些年的考古工作，使我們知道商文化的分布範圍實際廣闊得多。卜辭所見地名，有的可能在距商王畿很遠的地方，當然這必須有充分的證據才能論定。

(七)商代金文有待匯集考釋。長期以來，學者們希望為判別商周銘文確定一些標準，羅振玉等還試輯過《殷文存》、《讀殷文存》，他們的標準今天看來不都是適用的。怎樣由考古學出發，定出一批有銘的商代標準器，還需要費不少功夫。

金文與卜辭的對照研究，成果尚屬有限。特別是一些字數較多的銘文，文義深奧，只有對比卜辭才有希望通解。商代金文與卜辭相通，殷墟五號墓器物的「婦好」是最好的例證。其實仔細搜求，類似的事例還不難發現。

(八)商代金文大多簡短，有所謂「族徽」，即本書所說的族氏銘文。這種銘文的性質和意義，迄今沒有詳細的討論。特別是其中常見「亞某」，「亞」有時作為字的外框，甚至把成篇銘文套在裡面。「亞」究竟是什麼意思？有人企圖以「亞旅」之「亞」來說明，但「亞旅」是眾大夫，為什麼只有「亞」表現於銘文，其他更顯赫的官爵反沒有反映？殊不可解。

這一類簡短的銘文，在數量上占全部金文將近半數，加以整理考釋實在是很必要的。

㈨西周金文的曆法，也是未得通曉的疑難問題。自清代以來，推算金文曆朔的已有很多家，可是問題猶未解決。一個最大的障礙是銘文習見的月相如何解釋，種種學說都有不十分完美的地方。近年經過幾位學者努力，問題已有可喜的進展，看來解決業已有望。

當前的問題是，不管用那種學說推算，總有一些銘文不合。個別器有誤書誤鑄，是可能的，但如有較多的器與推算參差，就值得考慮了。由此可見，為了排定更理想的曆譜，對月相等基本術語的解釋仍須進一步推敲。

㈩金文中人名的涵義，有必要深入分析。古人有姓、氏、名、字、爵、謚等，銘文裡出現的人名如何構成，每每不是一望可知的。以文獻而言，如《春秋》經傳所載周惠王子太叔帶，又稱王子帶、太叔、叔帶、甘昭公、昭公；楚司馬子良之子斗椒，又稱伯棼、子越椒、子越、伯賁，諸如此類，如果分開來看，很難判斷是同一人，金文人名也是如此。同時，同樣的人名未必是同一人，如文獻中常見的周公、晉侯，實際有若干世代，說明金文的某公、某伯也應作如是觀。

又如金文常有某伯、某子，研究者多以為是諸侯國君，這樣就平空增加了許多不見典籍的國名。按諸文獻，這一類人名常為卿大夫之流，上一字是封邑，不是諸侯國名。假如我們多研究金文人名的體例，就不難避免這種誤解。

(土)金文的語辭，也是急待研究的好題目。我們曾提議仿照張相《詩詞曲語辭滙釋》的先例，編一部《金文語辭滙釋》。清代王念孫、王引之父子精研古籍，以虛實交會卓絕一時。釋讀金文不僅要考訂名物，還必須兼顧虛詞，才能作到融會貫通。虛詞的研究，在語辭中應占有重要地位。

這樣的研究自然不限於金文，擴大到甲骨文和簡帛等項也是適用的。即以秦簡為例，《日書》有一條講〈蓋忌〉，說：「五酉、甲辰、丙寅不可以蓋，必有火起，若或死焉。」這裡「若或」二字按常見的解釋就讀不通。原來「若」作「或」解，「或」作「有」解，「若或死焉」意思是「或有死焉」。這表明，在各種古文字研究中，虛詞的研討都是很重要的。

㈩戰國文字材料異常零散，學者以終生時間從事，也未必搜羅齊備。這種情況，妨礙了學科的發展。現在迫切需要的，是編纂比較完全的戰國文字的字匯，將金文、陶文、璽印、貨幣、簡帛、石刻等的文字合錄為統一的字表。

過去丁佛言編《說文古籀補》收錄戰國文字較多，至今仍有參考價值。羅福頤先生的《古璽文字徵》，多年來為學戰國文字者奉為依據。匯編戰國文字固然不易，但一時不能完備也不要緊，不妨逐步充實，以求美善。

㈪容庚先生曾著有〈鳥書考〉，西元一九四九年前先後撰成三篇，載於《燕京學報》；建國後增補更訂為一篇，見《中山大學學報〈哲學社會科學〉》西元一九六四年第一期。此後專論鳥書的作品，殊為少見。

鳥書銘文尚有一些從來沒有釋讀過。如宋代金文書中的所謂「夏鈎帶」，即鳥書帶鈎，是一篇箴言，最近才有學者發表考釋的論著。近年又發現了不少鳥書青銅器，使材料大大豐富了，進一步綜論鳥書的時機業已成熟。

㈫秦文字可以作為專題。多年前，天津學者華學涑編著《秦書三種》，只出版了《秦書八體原委》、《秦書集存》兩種。現今秦文字材料之多，在華氏的時代是難於想像的，深入研究《說文》所講的秦書八體，必可有不少收穫。

根據現有材料，我們可以探溯隸書的產生過程。草書的起源，前人也有主張秦代說的，從某些簡牘的書體看，也許是有道理的。是否如此，很希望有學者加以研究。

㈤大量簡帛典籍的出土，使大家關於古書的形成有了新的認識。例如馬王堆帛書醫書一部分是《內經．靈樞．經脈篇》的祖本，不難看出〈經脈篇〉這一體大思精的論作，是經過若干世代逐漸積累形成的。其實，中外古代典籍的形成，基本上都是如此。

以新發現的簡帛為根據，可對古書的形成和傳流作出綜合的考察。這不僅能祛除有關古籍的種種誤解，對整個古代文化史的探索都將有相當重要的貢獻。

語文類 H003

古文字學初階

作　　者　李學勤

發 行 人　林慶彰
總 經 理　梁錦興
總 編 輯　張晏瑞
編 輯 所　萬卷樓圖書(股)公司
臺北市羅斯福路二段 41 號 6 樓之 3
電話　(02)23216565
傳真　(02)23218698

發　　行　萬卷樓圖書(股)公司
臺北市羅斯福路二段 41 號 6 樓之 3
電話　(02)23216565
傳真　(02)23218698
電郵　SERVICE@WANJUAN.COM.TW
香港經銷
香港聯合書刊物流有限公司
電話　(852)21502100
傳真　(852)23560735

ISBN 957-739-018-8
2021 年 2 月初版五刷
2014 年 9 月初版四刷

定價：新臺幣 180 元

國家圖書館出版品預行編目資料

古文字學初階 / 李學勤著.-- 初版. -- 臺北市 ： 萬卷樓發行, 民 82 印刷
　面 ；　公分
ISBN 957-739-018-8(平裝)
1.中國語言－文字－形體

802.291　　　　82001693